테레사의 오리무중

트
리
플

2
3

TRIPLE

테레사
의

박지영
소설

오리무중

차
례

테레사의 오리무중

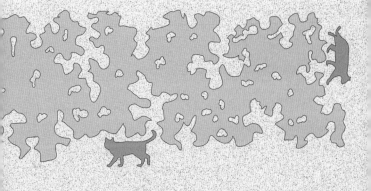

성 테레사가 첫 번째 무염시태를 경험한 것은 마스크 실내 착용 의무가 해지된 1월 30일이었다. 설이 지나고 센터에 가보니 이미 몇 명의 사람들이 마스크를 벗고 일하고 있었다. 그러나 성 테레사는 마스크를 벗을 생각이 없었다. 마스크 안에서 벌어지는 일은 성 테레사만 알면 되었다. 의무가 해지된다고 해서 벗을 의무가 있는 건 아니어서 성 테레사는 안심했고 전과 다름없이 마스크를 쓴 채 근무했다. 새해가 되자 시의원들이 민생 현장을 살핀다며 지역신문 기자들을 대동해 바른 먹거리 센터를 방문했다. 센터 측에서는 방문 한 달 전부터 환기 시설을 점검하거나 벽에 페인트칠을 다시 하고 칙칙한 분위기를 화사하게 바꿔줄 화분을 가져다놓으며 분주하더니 단기직 여사님들에게도 몇 가지 예상 질문과 답변을 알려주었다. 마지막 일정으로 창고에 내려와 현장을 둘러보던 시의원 한 명이 한쪽에서 포장 업무를 하던 성 테레사에게 물었다. 일하면서 뭐 불편한 거 없어요? 성 테레사는 고개를 들었다. 웃고 있는 시의원 뒤로 얼굴을 직접 보는 건 처음인 센터장과 팀장, 상급 관리자들과 중간관리자 주경의 얼굴이 보였다. 성 테레사가 적절한 답변을 고민하며 입술을 달싹이는 사이 기자가 마스크 벗고 파이팅(이나) 한번 외쳐달라고 소리쳤다. 마스크를 벗고 시의원과 함께 웃으며 파이팅을 외치는 모습을 기자가 카메라에 담았다. 긴장해서인지 입꼬리를 당겨 지은 미소가 자꾸만 일그러졌다. 시의원들이 떠나고 나면 다시 마스크를 쓸 생각이었는데, 급하게 하던 일을 마무리 짓다 보니 깜박하고 말았다. 잠시 후 포장 공정을 확인하러 온 주경이 다가와 말했다. 여사님은, 마스크를 쓰시는 게 좋겠어요. 마스크를 벗고 있다는 걸 잊고 있던 터라 성 테레사는 깜짝 놀라며 마스크를 찾아 썼다. 둘러보니 여사님들 중에 반 이상은 마스크를 벗은 채 일하고 있었다. 그런데 왜 나한테만. 마스크 착용 의무가 해지된 지가 언제인데, 이것은 관리자의 갑질이 아닌가? 그것도 상급 관리자도 아니고, 기존의 중간관리자가 공석이 된 틈에 같은 작업반에 있다가 어부지리로 중간관리자 자리를 임시로 꿰차게 된 주경이 이런 요구를 한다고? 애초에 벗을 생각도 없었는데 주경이 강제하자 마스크를 쓰고 일하는 게 더없이 불편하게만 느껴졌다. 그냥 참을까 하다가 다른 여사님들도 안 써서 괜찮은 줄 알고, 하고 조심스레 말을 꺼내자 주경이 조용히 속삭였다.

자아가.

네?

자아가 자꾸 튀어나오려고 하던데요. 마스크로 가리는 편이 낫겠어요.

자아라니 무슨 소리를 하는 거람. 성 테레사는 말도 안 된다고 생각하며 화장실에 가서 마스크를 벗고 거울을 보았다. 그랬더니 잘 가둬둔 줄 알았던 자아가, 마스크로 가려둔 사이 너무 비대해져 마스크를 벗은 상태에서도 자꾸만 입술을 달싹이며 꿀렁꿀렁 입 밖으로 튀어나오려고 안에서 힘주어 입술을 여닫기를 반복하는 모습이 보였다. 모르는 사람이 보면 그냥 끊임없이 입술을 움직이며 들리지 않게 혼자 기도라도 하거나 주문이라도 외우는가 보다 하겠지만, 조금만 유심히 살피면 마스크에 가려진 채 남들 눈을 의식하지 않고 맘껏 비대해진 자아가 제 기괴함을 과시할 수 있는 유일한 출구로—다른 곳으로는 빠져나와 봐야 똥 덩어리 취급을 받고 하수처리장으로 흘러가리란 걸 알기에—미끄덩거리며 빠져나오려 기를 쓰고 있다는 걸 쉽게 눈치챌 수 있었다. 아직은 소리가 제거된 상태를 유지하고 있어 빈정거림과 조롱과 과시욕과 허세로 가득한 자의식 과잉의 목소리까지 터져 나오지는 않았지만, 한쪽 입꼬리가 올라간 비뚤어진 입매만 보더라도 무언가 비뚤어진 생각과 말을 하고 있다는 건 충분히 짐작가능했다. 웃어야 할 때나 친절하고 상냥한 말을 건네며 공손한 태도를 취해야 할 때, 이런 식으로 눈치 없이 삐죽 나와 뭐라는 거야, 라거나 어쩌라고, 저만 잘났지, 웃기고 있네, 같이 비아냥대는 자아가 제 존재를 드러내기라도 한다면 큰 낭패였다. 목구멍이 포도청이라고, 포도청 안에는 먹고 말하며 지은 죄의 언어들이 가득했다. 마스크만 계속 쓸 수 있다면 안심이었지만 시간이 지나고 여름이 되어 모두가 마스크를 벗기 시작하면 의혹에 찬 시선을 받게 될지도 몰랐다. 저이는 마스크 안에 무엇을 숨기고 있기에 저렇게 마스크를 고집하는 거람? 마스크를 쓴 사람들 틈에서는 안 쓴 사람이 빌런이었지만 마스크를 안 쓴 다수 사이에서는 마스크를 쓴 사람이 빌런 취급을 받게 될 가능성도 컸다. 다수와 소수가 뒤집히며 옳고 그름의 자리가 순식간에 반전되는 일은 빈번하게 일어나 매번 성 테레사를 혼란스럽게 했다. 어떻게 하면 좋을까. 해결책은 간단했다. 자아를 집에 두고 출근하면 된다.

†

상기 인용한 성 테레사의 자아도취적 자기고백 서사와는 달리, 그날 중간관리자 주경이 진짜로 한 말은 이런 것이었다.

"일을 왜 그렇게 하세요?"

"아, 저는 이게 좀 더 효율적인 것 같아서요."

"하라면 좀(한숨), 그냥 하라는 대로 하세요(지친

다, 정말)."

그때 주경은 설 연휴 동안 밀린 배송 업무를 돕기 위해 물류센터에 내려와 있었는데, 테레사가 자신이 가르쳐준 것과는 다른 순서로 업무를 처리하자—그 작업에 결과적으로 차질이 생기거나 속도가 더 느려진 것도 아니었음에도—그렇게 말했던 것이다. 하라면 좀(긴 한숨), 하라는 대로 하세요(왜 저래, 정말).

(괄호 안의 말은 분명 혼잣말인데 테레사는 어떻게 그것을 다 들을 수 있었을까?)

기분이 나쁘지는 않았는데 테레사는 조금 억울해졌다. 관리자는 주경이었으나 그 단순하고 반복적인 포장 업무가 더 손에 익은 건 테레사였다. 업무 지시를 제대로 이해하지 못한 것도 아니었고 일하기 싫어 게으름을 피운 것도 아니었다. 다만 테레사에게는 숙련된 자기만의 방식—능동적이고 창조적인 자아가 고안해낸 더 효율적(이라 믿는) 공정—이 있고, 그것이 주경이 원하는 관례적인 방식과 순서가 살짝 달랐을 뿐이었는데 이런 오해를 받다니. 테레사는 해명할 필요성을 느꼈고 그래서 일단은 주경이 하라는 대로 하면서도 기회를 봐서 주경에게 자신의 입장을 설명해야겠다고 생각했다. 그리고 업무가 끝날 무렵 화장실에서 주경과 마주쳤을 때, 테레사는 마스크를 쓰고 있음에도 젠장과 제기랄, 아니 아니 그게 아니라, 로 시작하는 빈정 상함과 반발의 자아가 튀어나오려는 것을 꾹꾹 누르며 말을 꺼냈다.

"아까요."

살짝 고개 숙여 인사하고는 손을 씻던 주경이 테레사를 돌아보았다. 그리고 물기 젖은 손을 바지에 쓱쓱 문질러 닦더니 마스크로 가려도 감춰지지 않는 지치고 피로한 얼굴로 애써 상냥한 말투를 유지하며 말했다.

"아, 여사님, 오늘도 고생 많으셨습니다. 저한테 뭐 하실 말씀 있으신 거예요?"

그 순간 테레사는 알게 되었다. 자아를 마스크 안에 꾹꾹 숨겨두고 일하는 건 테레사만이 아니었다. 누구나 마스크 안에 마음껏 분출하고 싶은 비대한 자아를 꼭꼭 숨겨놓은 채 일터에 나서는 거였다. 입에 거미줄 칠 수 없으니까, 입에 풀칠은 해야 하니까. 중간관리자인 주경마저 그럴진대 내가 뭐라고. 그제야 테레사는 자신의 입장을 주관적으로 성찰할 수 있게 되었다. 테레사는 하나의 일손에 불과했다. 일꾼도 아니고 손이 모자랄 때 잠시 충원하는 공장형 막장갑과 같은 일손. 그런데 고작 일손에 불과하면서 의견이니 소신 같은 걸 가진 자아까지 달고 오다니. 손에 달린 자아란 생각해보면 불필요할 뿐 아니라 거추장스럽고 기괴하기까지 했다. 의도적인 업무방해로 오해받지 않은 게 그나마 다행이었다.

확실히 누추한 일터에 귀한 자아를 데려오는 건 테레사 같은 초짜들이나 하는 실수였다. 젊은 날 그놈의 자아실현이라는 걸 해보겠다고 기술을 익히고 경력을 쌓으며 성실한 근로자로서의 정체성을 제대로 구축해놓지 못하고 애초에 단절된 경력조차 없는 생의 경험이 누락된 사람들, 그 빈 공허 속으로 비대해진 자아만 기름지게 들어차 작은 외부의 공격에도 꿀렁꿀렁 쉽게 동요하고 중심을 잃고 쓰러지는 사람들, 그런 사람들만이 철없이 자아를 데리고 일터에 나와 쉽게 분개하고 쉽게 상처입고 쉽게 좌절하다가 쉽게 그만두며 다시 그렇게 성난 자아만 키우면서 사회의 안전을 위협하는 존재가 되는 건지도 몰랐다.

일터에 자아까지 데리고 다닐 필요는 없다. 조금 늦기는 했지만 이제라도 이 귀한 진리를 깨우치게

되었으니 얼마나 다행인지. 테레사는 이 모든 영광을
주경에게 돌렸다. 테레사의 말하자면 에피파니의 순간
은 주경의 이런 대사와 함께 왔기 때문이었다.

"하라면 좀(한숨), 그냥 하라는 대로 하세요(지친
다, 정말)."

†

자아를 두고 출근한 첫날, 테레사는 시험 삼아
마스크를 벗고 물류 작업을 시작해보았다. 다행히 아무
일도 일어나지 않았다. 업무에 차질이 생길지도 모른다
는 우려는 불필요한 오해임이 곧 밝혀졌다. 왜 진즉 자
아를 두고 다니지 않았던가. 테레사는 자아와 분리되어
지낸 자신의 하루에 만족했다. 그러자 집에 두고 온 자
아는 지금쯤 무얼 하고 있을지 궁금해졌다. 그동안 먹
고사느라 바빠서, 피곤해서, 남는 에너지가 없어서, 라
는 식으로 묵혀두었던 그 창조적 자아, 자아실현이라고
말할 때의 그 빛나는 영광의 정수, 본질, 에센스, 그 예
술가연한 영민한 자아가 지금쯤 얼마나 기쁨에 찬 환호
성을 내뱉으며 열정적으로 잠자고 있던 창조력을 뿜어

대고 있을까 생각하니 빨리 집에 가서 확인해보고만 싶어졌다. 그러나 퇴근하자마자 집으로 달려간 테레사를 맞이한 것은 얼마나 늘어지게 잤는지 아직까지 왼쪽 볼에 길게 팬 베개 자국이 가시지 않은 채 하품을 해대는, 충분한 휴식과 나태의 수호성인 같은 성 테레사였다. 푹 쉬고 난 후의 피부는 또 어찌나 뽀송뽀송 좋아 보이던지.

그래도 뭐, 나쁘지 않았다. 노동과 생계의 책임에서 벗어나 하루를 온전히 자유롭게 낭비한 자아에게서는 푸근하고 온순한 기운이 묻어났다. 제 안에 있었는지 잊고 있던 여유와 느긋함마저 느껴졌다. 그래, 자신의 자아라는 게 처음부터 그렇게 성질 더럽고 까칠할 리가 없었다. 밖에서 먹고사느라 시달리다 보니 어쩔 수 없이 오랜 노동과 사람들에 시달려온 사람 특유의 강퍅함과 고됨과 피로와 짜증이 자아를 예민하고 신경질적으로 만든 거였다. 테레사는 자아 존중감을 북돋아주는 의미로 자아에게 자매님이라는 호칭을 붙여 주었고, 처음 만난 평온과 휴식의 자아, 성 테레사 자매님을 기쁘게 맞아들였다.

열흘이 한계였다.

열흘이 넘도록 자매님이 아무것도 안 하고 빈둥거리기만 하자, 도대체 내 자아가 꿈꾸는 자아실현이란 무엇인가, 궁극적인 의문이 들기 시작했다. 사실 아무것도 하지 않고 게으름이나 피우며 남이 벌어오는 돈으로 놀고먹는 게 꿈이었으면서, 처한 현실을 마음껏 불평하고 지금의 생업이 최선의 일자리라는 것을 인정하고 싶지 않아서 자신의 내부에는 숨겨놓은 창조적 자아, 언젠가 꽤나 위대하거나 아름답거나 대박을 터뜨릴 대단히 고양된 예술적 자아라도 있는 양 스스로를 속이고 있었던 건 아닌가. 분리된 자아의 실상이란 이토록 초라했다. 뒤늦은 자아성찰과 함께 테레사는 자괴감에 시달리기 시작했다. 이런 기만적인 자아라도 내 자아니까 무조건 아끼고 믿어주어야 하나. 남의 노동에 기생하며 매일 비대해지는 영혼을 숨길 생각도 없이 함께 쓰는 좁은 공간을 제 기름진 몸으로 가득 채울 뿐인데도? 그동안 여기저기서 자아가 당했던 모멸감이나 부당하고 억울(하다고 착각)한 대우는 사실 그럴 만했기 때문이 아닌가 하는 의심마저 들었다. 피로한 몸을 이끌고 퇴근한 어느 저녁엔 성 테레사가 톡톡 깎아놓고 치우지 않은 식탁 위의 손톱을 보며 이런 생각도 했다. 성 테레사가 분리된 자아라는 건 나 혼자만의 착각에 불과하며, 실은 언제나 나쁜 선택을 하는 불운한 생쥐인 내가 자매님이 깎아놓은 손톱을 먹고 노동하는 육체, 노예의 삶에 갇히게 된 것이 아닌가 하는.

자아를 향한 울분이 점점 악성종양처럼 자라기 시작했다. 이것이 실은 기존의 자아를 향한 살해 의지를 가진 새로운 자아의 태동이라는 건 알지 못한 채 테레사는 매일 조금씩 더 분개했다. 나는 매일 과민성대장증후군에 시달리며 맘 편히 모닝 똥 한번 못 싸고 출근해서 언젠가는 그 놀라운 자아를 실현하고야 말 자매님을 위해 성실히 근로하는데, 자매님은 하루 종일 집에서 잠이나 자고 빈둥거리는 게 전부라니. 나가서 고된 노동을 하거나 사람들 틈에서 시달리며 고달프게 돈을 벌어오라는 것도 아니고, 그렇게 하고 싶다던 자아실현, 그 위대하고 고상하신 자아를 실현하라고 판을 깔아줬는데 왜 집구석에 틀어박혀 그거 하나를 제대로 못 하는가 말이다.

도대체 하루 종일 집에서 무얼 하기에. 마침내 테레사는 자아 감시용 펫 캠을 설치해두고 일하는 틈틈

이 지켜보기 시작했다. 매일이 똑같았다. 한낮까지 늘어지게 잠을 자고, 정오가 지나서야 일어나 배가 고픈지 라면을 하나 끓여 먹고, 그러고는 다시 누워서 전날 테레사가 보던 유튜브 알고리즘을 따라 웃긴 쇼츠 영상이나 아니면 오래된 예능 프로그램의 실시간 스트리밍 영상을 멍하니 보는 게 전부였다. 어찌 보면, 확실한 자아실현이기는 했다. 하지만 이런 게 내 실현된 자아라니. 인정하고 싶지 않았다. 인정할 수 없었다. 생각해보면 분리되었다고 해도 애초에 테레사에게서 태어난 자아였고 한 자매였다. 실망스러운 게 당연했다. 아무래도 테레사의 자아는 스스로 판단하고 성장할 만큼 성숙한 인격이 못 되는 것 같았다. 관리가 필요했다.

다음 날부터는 해야 할 일의 목록을 작성해 책상 앞에 붙여놓고 출근했다. 오랜 시간 자아실현을 할 수 없는 환경에서 자아가 매몰되는 게 당연한 일상을 보내왔는데 자아가 분리되었다고 대뜸 그놈의 자아를 거창하게 실현해보라는 게 무리한 요구였는지도 몰랐다. 인풋이 있어야 아웃풋도 있는 거겠지. 테레사는 자아가 실현할 그 찬란한 과업이라는 게 구체적으로 뭔지는 몰랐지만 참고할 만한 자료들을 제공하기 시작했다. 어디서 무엇이 얼어붙은 바다를 도끼로 깨는 영감을 줄지 모르니까 일단은—비록 방구석 안이지만—다양하게 접할 수 있도록 노트북에 책과 영화와 시사교양과 인문철학까지 참고할 자료를 다운받아놓고 즐겨찾기 목록도 띄워놓았다. 그런 식으로 하루 여덟 시간, 나는 일하는데 자아가 빈둥거리는 꼴은 용납할 수 없다는 관리자 마인드로 자신의 노동시간과 같은 시간 동안 성테레사 자매님 역시 빛나는 자아실현을 위한 훈련 시간을 갖도록 했다.

펫 캠을 확인해보면 자매님은 하라면 하라는 대로 살아온 전력이 있던지라 일단 하라는 대로 책상에 앉아 무언가 해보려는 시늉을 하긴 했다. 그러나 책을 펼치거나 노트북을 켜놓고도 집중하지 못한 채 딴짓을 하는 시간이 훨씬 길었다. 책을 한 페이지 정도 읽다 말고 손톱을 물어뜯다가 손톱을 깎고 손톱을 다듬고 손톱 주변을 정리하고 손톱에 영양크림을 바르고 손톱에 바를 젤네일 색을 고르고 바르고 말리고 다시 지우면 하루가 지나갔다. 어떤 날은 바닥에 떨어진 머리카락을 주워 머리카락 싸움을 통해 가장 강한 머리카락을 찾아내어 빈 공책에 붙여놓고는 삼손과 델릴라라는 이름을 지어주기도 했고, 어떤 날은 땀을 뻘뻘 흘리며 선풍기의 날개와 부품을 모두 해체해 날 사이사이를 클리너 묻힌 면봉으로 매우 꼼꼼히 닦는 데 하루를 전부 소진하기도 했다.

하루 종일 창을 닦고 행주를 삶고 화장실 청소를 하고 이불빨래를 하느라 바쁜 자매님을 보자 한숨이 나왔다. 제발 좀, 그런 허드렛일은 나한테 맡겨두고 자매님 너는 좀, 보다 성스럽고 고귀한 가치를 위해 자아를 불태우란 말이다. 테레사는 소리치고 싶었다. 그러나 시간이 흐를수록 자매님은 자신이 헌신할 수 있는 최선의 고귀함은 허드렛일에 있다는 듯 쓸고 닦기만을 거듭하는 거였다. 이쯤 되자 테레사의 의문은 확신이 되었다. 애초에 성 테레사 자매님이 꿈꾸는 자아실현이란 '언젠가는 되고야 마는'이라는 가능성에 자신을 남겨두는 것에 있는 것 아닌가. 그것을 위해 테레사를 목구멍이 포도청이라는 말에 묶어두고 자매님은 매일 충실하게 딴짓에 몰두하며 '하지 않는 것'으로 궁극적인 자아실현의 목표를 완성하고 있었던 건 아닌가. 그러니 누구도 강요하지 않은 허드렛일도 서슴지 않는 것은 실은, 고귀한 노동을 허드렛일이라 폄하하는 테레사에 대한 반발이며 그런 식으로 자매님의 유일한 잠재력이란 허드렛일에 있다는 것을 증명해보려는 것 아닌가. 너의 자아는 네가 무시하는 그 안에서 이토록 허름하다. 나를 너에게 복속된 부속물처럼 대하며 지금 나의 노동이 자아실현과 무관하다는 듯 불공정한 태도를 취한다면, 부정과 반발과 저항에서 탄생한 자아인 내가 네게 보여줄 수 있는 자아실현이란 단지 똑같이 답습하는 것, 너를 부정하고 저항하는 것으로 너와 다름없는―그러므로 하찮은―자아임을 보여주는 것뿐이다, 라는 듯이.

기대는 사라지고 실망감만 늘어났다. 첫 번째 자아에게 실망하는 동안 테레사 안에서는 다시 한번 저런 게 내 진짜 자아일 리가 없다는 부정과 저항의 자아가 착실하게 부피와 중량을 늘려가기 시작했다. 그것이 위기감으로 작동했는지, 하루는 자매님이 노트북을 켜고 무언가를 타이핑하기 시작했다. 그것이 성 테레사의 첫 번째 무염시태에 관한 앞선 글이었다.

나쁘지 않은데?

처음에는 테레사도 긍정적으로 받아들였다. 결국은 수많은 자기 고백적 서사에 불과했으나 자아가 쓴 첫 번째 글의 소재가 자아의 탄생 설화라는 건 자의식 과잉의 자아라면 당연한 선택일지도 몰랐다. 그 끝이 어떻게 될지 궁금하기도 했다. 그래서 계속해보라고 격려한 후 테레사는 혹시 몰라 비슷한 이야기가 있는지 찾아봤는데 이런, 자아가 주인공인 이야기는 이미 너무 많이 나와 있었다. 하긴 관공서만 가도 수많은 홍길동들이 있었다. 손톱을 먹은 생쥐들은 또 얼마나 많은지. 자아분열 서사란 그 자체로 분열을 거듭하는 듯 보였다. 앞서 나온 훌륭한 글들이 있는데 계속해봐야 동어반복밖에 안 되는 글을 끝까지 쓰는 게 무슨 의미가 있을까. 나의 자아란 왜 이토록 유사하고 이토록 빈약한가. 테레사는 자아가 쓴 첫 번째 문서 파일을 휴지통에 버렸다.

그러나.

보다시피, 자매님은 쉽게 포기하지 못했다.

남들과 같은 이야기를 다르지 않은 방식으로 하는 게 나만의 자아라고 할 수 있나. 그게 진정한 의미의 자아실현이 될 수 있는 건가. 아무리 테레사가 붙잡고 뒤늦은 자아분열 서사의 쓸모없음과 무례함을 늘어놓으며 다른 이야기를 해보라고 권유해도, 이놈의 자아는 자꾸만 어쨌든 끝까지 가보자고, 가보지 않으면 그곳이 막다른 골목인지 아닌지 모르는 거라며 휴지통에 버려 놓은 파일을 다시 꺼내어 이렇게도 고쳐보고 저렇게도 고쳐보는 거였다. 테레사의 조언에 귀를 닫은 채 제 목소리에만 귀를 기울이는 동안 자아는 점점 더 기름지고 비대해져만 갔다. 결국 화가 난 테레사는 운명의 그날 밤, 참지 못하고 자매님을 향해 소리쳤다.

"하라면 좀(긴 한숨), 하라는 대로 하세요(왜 저래, 정말)."

그 말은 정확하게 자아를 관통한 듯했다. 테레사의 말에 자매님은 아무 대꾸도 못 하고 바람 빠진 풍선마냥 움츠러들기 시작하더니 한참 후, 고개를 들어 새까맣게 타들어간 입안을 보여주며 갈증을 호소하고 물 한 잔을 부탁했다. 테레사는 치밀어 오르는 자아 혐오와 울분을 억누르며 얼음을 가득 넣은 찬물을 건네주었는데, 단숨에 찬물을 들이켠 자매님은 바싹 마른 짚더미 위에 비가 내리듯 타닥타닥 소리를 내며 목마름을 채워가더니 갈증이 해소됨과 동시에 얼음이 녹듯 흰 수증기가 되어 서서히 증발했다. 그러고는 펼쳐놓은 빈 공책 위에 다 마신 컵을 텅 소리와 함께 내려놓는 것으로 짧은 생의 종료를 알리고는 완전히 사라졌다.

이대로 끝이라고? 어리둥절해진 테레사는 사라진 자매님을 찾기 위해 집 안 구석구석을 눈과 귀와 손을 이용해 수색하기 시작했다. 그러나 어디에서도 사라진 자매님의 시체 조각 같은 건 발견되지 않았다. 혹시나 하는 마음에 테레사는 성 테레사의 마지막 흔적이 남아 있는 빈 컵을 들어보았고, 컵이 있던 자리에 남아 있는 둥근 물 자국을 발견했다. 그것은 자매님의 둥글게 부푼 몸과 꼭 닮아 있었다. 그렇다면 이것은 피살된 성 테레사 자매님이 남기고 간 죽음을 증거하기 위한 시체 보존선이 아닌가. 테레사는 이내 깨달았고 가벼운 자아 상실감과 함께 그보다 큰 홀가분함을 느꼈다.

그것이 테레사의 원죄 없이 잉태한 자아, 성 테레사 자매님의 첫 번째 순교일지였다.

†

테레사의 변화를 가장 먼저 눈치챈 것은 주경이었다. 자아를 두고 다니는 게 테레사가 처음은 아니었다. 물류센터 직원들은 연차가 쌓일수록 가짜 자아와 함께 출근하는 일에도 능숙해졌지만 테레사 같은—지금 하는 일은 진정한 자아실현을 위한 허드렛일이라 폄하하는—부류들에는 그 허드렛일이 자신의 생계를 유지해주는 고귀한 남루함인 것을 외면하여 유독 자아가 비대한 사람들이 많았다. 그래서 처음에는 그 비대한 자아를 끌고 일을 하러 왔다가 몇 번 곤란을 겪고는 반은 자아와 함께 떨어져나갔고, 반은 자아를 두고 출근하는 쪽을 택하곤 했다. 주경은 테레사가 튕겨져 나가는 쪽일 거라고 짐작했는데, 언젠가부터 테레사는 자아를 두고 출근하기 시작했다. 그것이 한결 편안해 보여서 주경도 잘된 일이라고 안도했다. 그런데 어느 날부터 다시 테레사의 자아가 비대해지는 것이 보였다. 그래서인지 최근에는 실내 작업 중에 도로 마스크를 썼다. 한번은 새로 온 소장이 직원들을 격려하기 위해 물류센터를 방문해서 테레사를 보고 친절하게 물었다.

"답답하지 않아요? 마스크 벗고 하셔도 되는데."

그러자 테레사가 대답했다.

"저는 이게 편해요. 마스크를 벗으면 팬티를 벗고 출근한 느낌이라서요."

그 말을 한 사람이 단기 계약직 테레사가 아니라 소장이었다면 성희롱으로 문제될 법한 표현이었다. 그냥 어색하게 웃어넘길 수 있었던 건 누가 봐도 을의 입장인 사람이 그 말을 했기 때문이었다. 모욕당하기 쉬운 입장인 처했다는 이유로 쉽게 무례한 말을 내뱉으며 빈정대는 방식으로 자신과 남들을 모욕하고 그것이 시니컬한 유머인 양 굴며 스스로를 더 낮은 굴종의 위치에 놓아두는 사람들을 주경은 종종 보아왔다. 자아가 병들기 시작했다는 증거였는데 테레사도 그런 위기를 겪고 있는 것 같았다.

한동안 자아를 두고 잘 다니는 것 같더니 그사이에 테레사에게 무슨 일이 생긴 걸까. 개인적인 궁금함은 아니었고 관리자로서 직원들이 별 탈 없이 계약기간 동안 업무를 원활히 이행하도록 할 책임이 있었으므로, 주경은 테레사를 지켜보기 시작했다.

계약직 사원들만 자아를 두고 다니는 건 아니었다. 주경에게도 자아는 때로 거추장스러운 것이었다. 중간관리자가 된다는 건 자아를 경량 패딩처럼 가볍고 접기 좋게 만들어 탈부착 가능한 상태로 만드는 데 익숙해지는 일이었지만 그런 주경도 한 번씩은 자아를 두고 출근하고 싶을 때가 있었다. 그런 날 집에 혼자 남겨진 주경의 자아가 하는 일은 주로 환기였다. 필요한 건 창문뿐이지만 제 방 창밖으로 볼 수 있는 풍경은 한정되어 있기에 주로 윈도스왑WindowSwap이라는 웹사이트에 들어가 다른 사람들의 창밖을 구경했다. 창 하나에 하나의 풍경과 하나의 이야기가 있었다. 한번은 정원 의자에 앉아 무릎에 고양이를 앉혀두고 책을 읽는 레이디, 레이디라고밖에 호칭할 수 없는 품위가 느껴지는 한 나이 든 숙녀가 있는 풍경을 보았는데 창문을 열 때마다 그 레이디와 다시 만나기만을 기다렸지만 어쩐지 다시는 볼 수 없었다. 주경은 원하는 창문을 여는 법을 몰랐고 막연히 그 풍경과 다시 만나기만을 기다렸지만 매번 열리는 건 다른 나라 다른 도시의 다른 창문이었다. 그러나 그것도 좋았다. 세상에는 주경이 아직 열어보지 못한 많은 창들이 있었고 언제나 기대와는 다른, 그래서 더 반갑고 놀라운 다른 사람과 다른 풍경 들이 주경의 안으로 밀려들어왔다. 그럴 때면 자신도 한때는 글을 쓰고 그림을 그리고 노래하고 춤추며 풍경을 만들던 아이였다는 걸 떠올렸다. 그 아이는 지금 어디로 갔을까 가끔 궁금했지만 이렇게 다른 사람이 열어준 창밖에 앉아 바다도 보고 고양이도 보고 있구나 생각하면 그것도 좋았다. 주경은 언제나 충실한 관객이었다. 영화를 보거나 책을 읽을 때도 울리려는 부분에서 울었고 웃으라면 웃었다. 그렇게 작은 창문으로 엿보는 타인의 풍경 안에서 그 감정과 날씨와 온도와 습도까지 함께 느끼고 함께 젖는 것은 결코 자아 없이 가능한 일이 아니었다. 어쩌면 그것을 위해서 어린 주경은 글을 쓰고 그림을 그리고 춤추고 노래했는지도 몰랐다. 그렇게 하루를 환기하고 돌아오면 자아는 훨씬 가볍고 투명한 상태가 되었고 상황에 따라 쉽게 분리되고 쉽게 타인의 자아를 투영할 수 있었다.

　　다들 그렇게 사는 거지. 주경은 생각했다. 그저 남들 사는 만큼 살 수 있다면 그걸로 충분했다. 다른 자아라고 별다를 것 없다고 생각했고 내 자아가 더 특별하거나 귀할 것도 없었다. 그래서인지 테레사처럼 나이를 먹도록 자아와 분리하는 법도 익히지 못하고 지나친 애착으로 불편함을 초래하는 미성숙한 여사님을 보면 답답하고 걱정도 되었다. 그럴 때면 주경은 출근할 때마다 작업복으로 갈아입으며 사물함 구석에 꼬깃꼬깃 접어놓은 자아를 꺼내어 이렇게 중얼거리곤 했다. 하라면 좀(안타까운 한숨), 하라는 대로 하세요(어차피 남들도 다 자아를 내려놓고 살아요. 남들만큼만 사는 게 얼마나 힘든지 이제 아실 때도 되었잖아요).

테레사 역시 그 말에 충실하게 반응했던 것 같은데 그 후에 자아와 무슨 이유에선지 불화를 겪게 된 모양이었다. 테레사와 한번쯤 이야기를 나눠야겠다고 주경은 생각했다. 그러나 기회는 쉽게 오지 않았고 그러는 동안 완전히 자아를 상실한 듯 보이는 테레사를 목격하기도 했다. 어느새 테레사의 계약기간도 끝나 가고 있었다. 어차피 계약이 끝나면 다시 만날 일도 없을 터라 주경은 테레사에게 무심해졌고 덕분에 관용의 태도를 유지할 수 있게 되었다. 마침내 테레사의 계약이 끝나는 날, 주경은 축복을 비는 심정으로 악수를 하며 이렇게 말했다.

"그동안 고생 많으셨습니다. 같이 밥도 한번 못 먹었네요. 다음에 만나면 같이 밥이라도 먹어요."

그런 건 정말이지 의례적인 인사에 불과했다. 나중에 밥이나 한번 같이 먹자고 하고 진짜 밥을 먹은 적은 한 번도 없었다. 계약이 끝난 임시직 사원 대부분이 다음에 놀러오겠다고 말하고 그뿐이었다. 그런데 그 말을 듣더니 테레사가 주경을 빤히 쳐다보며 이렇게 묻는 거였다.

"혹시 오늘도 가능하신가요?"

거절하려고 테레사의 얼굴을 보다가, 주경은 고개를 끄덕이고 말았다. 그때 테레사는 마스크를 벗고 있다는 걸 잊은 듯 표정 관리에 실패해서 입술 한쪽이 완전히 비뚤어져 있었는데, 그것이 얼핏 보기에는 욕설이라도 내뱉으려고 이죽거리는 입매 같지만 실은, 마음껏 울고 싶은 자아가 막 튀어나오기 전 (젠장 할) 존재의 참을 수 없는 가벼움을 견디는 비명이란 걸 주경이 알아본 탓이었다.

그날, 두 사람은 처음으로 마주 앉아 둘만의 식사를 하게 되었다. 테레사는 식사 자리를 청한 것을 뒤늦게 후회하는 듯 매우 불편해 보였다. 이 자리가 불편하기는 주경 역시 마찬가지였다. 자아와 함께 퇴근하긴 했지만 바지 뒷주머니에 다 먹은 과자 봉지처럼 접어 넣어둔 자아를 꺼내야 할지, 아니면 계속 주머니에 넣어둔 채 있어야 할지도 알 수 없었다. 퇴근 후에 직원들과 개인적인 만남을 가진 적이 한 번도 없었다는 게 그제야 떠올랐다. 그러니 퇴근 후에 만나는 직원에게, 이

제 직원도 아닌 테레사에게 어떤 태도를 취하고 어떤
자아를 소환해서 대해야 적절한지에 대한 경험치가 주
경에게는 전혀 없었다. 테레사도 다르지 않을 터였다.

　　별다른 말없이 감자탕의 뼈에 붙은 살만 꼼꼼하
게 발라 먹는 테레사를 주경은 흘끔흘끔 쳐다보았다.
주경에게 익숙한 건 마스크를 쓴 채 일하는 테레사였
다. 무언가를 먹고 마시느라 쉼 없이 저작운동을 하는
테레사의 하관을 이렇게 가까이에서 오래도록 본 건 처
음이었다. 목구멍이 포도청이라고. 이상하게 음식을 뜨
고 씹고 삼키는 테레사를 보니 그 말이 떠올랐고 먹고
살기 위해 기꺼이 죄인이 되어온 지난날들이 떠올랐다.
내 자아는 행여나 다칠까 고이 접어두고 타인들의 자아
를 훼손시키기 위해 노력했던 시간들이 주경에게도 있
었다. 그것은 테레사도 마찬가지일 터였다. 나와 별반
다름없는. 다시는 볼일 없는. 그렇게 생각하니 불편했
던 마음이 조금은 편안해졌다.

　　"마스크를 벗으니까 꼭 다른 분 같아요."

　　주경이 조심스레 말을 건네자 테레사가 살이 많
이 붙은 뼈 하나를 주경의 그릇에 덜어주며 대답했다.

　　"자아가 없어져서 그럴 거예요."

"네?"

"성 테레사 자매님이 사라졌거든요."

테레사가 별일 아니라는 듯 대답했다. 그리고 들려준 이야기가 아홉 번의 무염시태와 성 테레사 자매님의 아홉 번의 순교에 대한 이야기였다.

†

두 번째 성 테레사 자매님은 첫 번째 자아의 순교 다음 날 탄생했다. 자아를 키우고 분리시키는 과정은 그리 어렵지 않았는데, 테레사의 자아는 주로 생계형 노동의 현장에서 비롯된 빈정 상황으로부터 시작해 젠장과 제기랄의 부정적 감탄사를 사용하며 엄살과 응석으로 체적과 중량을 늘려갔기 때문이었다. 반발과 저항의 언어는 집 밖에 나와서 사람과 부딪치는 매 순간 테레사의 몸 안에서 터져 나왔다. 그런 식의 억울함과 부당함의 몸짓들이 부풀대로 부풀다 보면 어느 순간 더이상 못 참고 아니 아니 그게 아니라, 하면서 내 말 좀 들어보라고, 나의 진정한 가치를 알아달라고, 나를 좀 귀하고 소중하게 대해 달라고 호소하는 자아가 불쑥 튀어나와 새로운 성 테레사 자매님이 되곤 했다. 두 번째 부터 세 번째, 여덟 번째 성 테레사 자매님에 이르기까지 원죄 없는 잉태와 자아의 분열은 자아 혐오와 자아 상실 과정을 거치며 이런 식으로 수월하게 탄생과 소멸의 과정을 반복해왔다. 문제는 새로운 자아들이 이전의 자아에 대한 불만으로 기존의 자아를 죽이고 태어난 만큼 결점이 보완된 완벽한 자아로 진화를 거듭해야 함에도 불구하고, 매번 새롭게 실망스럽고 새롭게 분노를 유발하는 불완전한 모습을 하고 테레사 앞에 나타난다는 점이었다. 결과적으로 각각의 자아들은 개별성을 띠면서도 태생적 한계에 의해 당연히 테레사와 매우 닮았는데, 그 다른 구석 때문에 기대하게 만들다가도 결국은 그 닮은 구석 때문에 테레사에게 좌절감만 안겨준 채 이 세계에서 추방당하고 마는 거였다.

그러나 아홉 번째 성 테레사 자매님은 달랐다. 달라 보였다. 앞서 여덟 명의 자매님들이 무참히 처형당한 기억을 안고 탄생한 덕분인지 본능적인 위기감으로 테레사가 시키지 않아도 스스로 진정한 자아 찾기와 자아실현에 꽤나 열성적인 모습을 보였다. 그 증거로 당시 성 테레사 자매님이 성경처럼 끌어안고 레퍼

런스로 삼은 책은 한국계 미국인으로 디아스포라적 정체성을 예술로 표현한 차학경 테레사가 쓴 『딕테』였다. 이름이 같다는 단순한 이유에서 비롯된 것이었지만 성 테레사는 곧 테레사 학경 차에게 자아를 의탁하기 시작했다. 성 테레사는 테레사 차의 오빠인 존 차가 쓴 소설 『안녕, 테레사』와 2001년 버클리 미술관의 기획전 카탈로그를 번역한 『관객의 꿈: 차학경 1951-1982』를 반복해서 읽고 또 읽으며 의탁한 자아의 예술에 자신의 미래의 예술을 빚지기 시작했다. 테레사의 자아란 그렇게 쉽게 타인의 자아에 자신을 의탁하고 마는 유약함의 자아, 레퍼런스라는 명목 아래 쉽게 달라붙고 쉽게 기생하며 그 의탁한 자아가 자신의 빈 자아를 채워주기를, 공허한 입에 거미줄을 쳐주고 풀칠을 해주기를 뻔뻔하게 염원하는 자아였다.

두 번째로 성 테레사가 의탁한 자아는 애거서 크리스티의 실종과 함께 나타났던 테레사 닐이었다. 테레사 닐은 1926년 12월 4일, 애거서 크리스티가 사라진 다음 날 헤로게이트의 하이드로 호텔에 서류 가방 하나만 들고 도착했다. 테레사는 사람들의 주목을 받는 걸 두려워하지 않았다. 스텝도 잘 모르면서 나이가 지긋한

신사와 찰스턴을 추거나 노래를 부르기도 했다. 추리소설과 신문을 열심히 읽었는데 가장 오랜 시간을 할애한 것은 신문에 실린 단어 퍼즐 맞추기였다. 가끔 주변을 산책했고 가족과 친구를 찾는 광고를 12월 11일자 타임스에 내기도 했다. 그때 테레사 닐은 누군가 자신을 발견해주길 원했을까? 그러나 테레사 닐은 12월 14일, 발견된 순간 사라졌는데 그녀가 열흘 전 실종되었던 추리소설 작가 애거서 크리스티임이 밝혀졌기 때문이었다.

그러면 사라진 테레사 닐은 어디로 갔나. 그것은 테레사 닐에게 자아를 의탁한 성 테레사 자매님의 자아 정체성에 관한 의문이 되었고, 그 해답을 찾듯 자매님은 애거서 크리스티의 추리소설을 탐닉하기 시작했다. 아웃풋 없이 인풋만 늘어가면서 성 테레사 자매님은 점점 그 육중한 몸을 공갈빵처럼 부풀리며 거대해져만 갔다. 그것이 문제였다.

물류센터의 계약기간이 끝나갈 무렵, 테레사가 생각하기에 자아를 데리고 다녀도 좋을 정도의 회사에 면접을 볼 기회가 생겼다. 자아를 데리고 다녀도 남루하지 않은 곳, 오히려 자아가 마음껏 자아실현을 할 수 있는 곳. 그래서 테레사는 면접을 위한 준비를 완벽하게 끝낸 후 자아를 데리고 나가려고 했는데, 자아가 꼼짝도 하지 않는 거였다. 자아는 이제 테레사가 데리고 다니기에는 너무 무거운 존재가 되고 말았다. 애써 앞에서 끌고 뒤에서 밀며 데리고 나가보려 했지만 비대해진 자아가 나가기에는 방문이 너무 좁았다. 막상 자아실현을 할 기회가 찾아오자 자아는 그런 식으로 방구석에 숨어 세상으로부터 실종된 상태에 안주하려는 듯 보였다. 실종된 상태의 편안함에 익숙해졌고, 오래 고립되어 기괴해진 자신의 모습을 세상 밖에 보여줄 용기가 없었던 것이다. 할 수 없이 자아 없이 면접을 보러 간 테레사는 텅 빈 내면을 들킬 수밖에 없었고, 허락되지 못한 자아실현의 기회 앞에서 허탈하게 집으로 돌아오며 이렇게 중얼거렸다. 자아 따윈 없어졌으면 좋겠어. 그리고 집에 돌아와 보니, 집 안을 가득 채우던 자아가 보이지 않았다. 차라리 잘 되었다고 생각했다. 노트북에는 아홉 번째 성 테레사 자매님이 남기고 간 다잉 메시지인지 '성 테레사와 그리고 아무도 없었다'라는 제목의 새 문서가 하나 있었는데, 테레사는 그것을 열어보지도 않고 휴지통에 버렸다.

성 테레사 자매님이 사라진 후, 테레사는 아홉 번째 자아가 사라졌으니 열 번째 자아를 만들면 되리라고 가볍게 생각했다. 그러나 자아는 그렇게 마구잡이로 생성되는 게 아니었다. 기존의 자아가 살아 있는 상태에서는 새로운 자아는 아무리 살이 차오르고 몸집을 키워도 분리되는 자아가 될 수 없는 듯했다. 어쩌면, 자아는 처음부터 열 개가 한 꾸러미로 정해졌던 건지도 몰랐다. 생각해보니 자아는 일곱 번째, 여덟 번째에 이를수록 점점 희미하고 투명해져만 갔었다. 자아가 책을 베고 자고 있으면 책의 글자가 홀로그램 자막처럼 그대로 비쳐 보일 정도였다. 그동안은 젠장과 제기랄의 형태로 자아의 재료는 외부에서 계속 공급되니까 무한 생성이 가능하다고만 생각했는데, 혼합시킬 내면의 자아존중감이 다 소진되면 결국 독립적인 자아 생성은 불가능한 모양이었다. 그렇다면 테레사에게 자아실현을 가능케 할 남은 자아는 사라진 아홉 번째 성 테레사 자매님뿐이었다.

테레사는 성 테레사의 행방을 찾기 시작했다. 그러다 성 테레사가 사라지며 남긴 문서를 떠올렸다. 어쩌면 그곳에 단서가 있을지도 몰랐다. 테레사는 휴지

통에 버려진 파일을 복원시켜 열어보았고, 이런 내용의
순교일지가 적혀 있는 것을 발견하게 되었다.

성 테레사 자매님 열 명이 밥을 먹으러 갔다가
한 명이 목이 막혀서 아홉 명이 되었다.
성 테레사 자매님 아홉 명이 밤늦게까지 깨어
있다가
한 명이 늦잠을 자서 여덟 명이 되었다.
성 테레사 자매님 여덟 명이 데번을 여행하다가
한 명이 거기에 남아서 일곱 명이 되었다.
성 테레사 자매님 일곱 명이 장작을 패다가
한 명이 자신을 반으로 갈라서 여섯 명이 되었다.[*]

이것은 〈열 명의 인디언 소년〉이라는 마더구스
의 노래에 나오는 죽음의 방식을 그대로 차용한 것이
아닌가. 그제야 테레사는 알게 되었다. 미처 파악하지
못했는데, 성 테레사 자매님들의 순교는 모두 이 규칙
을 따른 것이었다. 예를 들어 첫 번째 자매님은 목이 막
힌다고 물 한 잔을 청하더니 갈증이 채워지는 순간 죽
었고, 두 번째는 내내 게으름을 피우고 늦잠을 자서 죽

였다. 세 번째는 여행을 통해 영감을 얻겠다고 대전에
가더니 성심당의 튀김소보로 빵만 잔뜩 사서 먹고는 배
부르다며 대전에서 꼼짝도 하지 않아 죽었다. 네 번째
는 지우개가 달린 연필을 깎다 말고 반으로 분질러 자

* 이와 관련된 마더구스의 노래는 여러 가지 본이 있는데, 성 테레사
는 대략 세 가지 버전을 혼합해서 참고한 것으로 보이며, 애거서 크리
스티의 장편소설 『그리고 아무도 없었다』에도 그대로 적용된 열 명
의 소년이 사라진 방식은 다음의 기본적인 규칙을 따른다.

인디언 소년 열 명이 밥 먹으러 갔다가
한 명이 목이 막혀서 아홉 명이 되었다.
인디언 소년 아홉 명이 밤늦게까지 깨어 있다가
한 명이 늦잠을 자서 여덟 명이 되었다.
인디언 소년 여덟 명이 데번을 여행하다가
한 명이 거기에 남아서 일곱 명이 되었다.
인디언 소년 일곱 명이 장작을 패다가
한 명이 자신을 반으로 갈라서 여섯 명이 되었다.
인디언 소년 여섯 명이 벌집을 가지고 놀다가
호박벌이 한 명을 쏘아서 다섯 명이 되었다.
인디언 소년 다섯 명이 법률을 공부하다가
한 명이 대법원으로 들어가서 네 명이 되었다.
인디언 소년 네 명이 바다에 나갔다가
청어 한 마리가 한 명을 삼켜서 세 명이 되었다.
인디언 소년 세 명이 동물원에서 걷다가
큰 곰이 한 명을 껴안아서 두 명이 되었다.
인디언 소년 두 명이 햇빛을 쬐다가
한 명이 햇빛에 타 죽어서 한 명이 되었다.
인디언 소년 한 명이 혼자 남았는데
그 소년이 목을 매어서 아무도 없게 되었다.

아가 왼손으로 글을 쓰면 오른손이 지우고, 오른손이 글을 쓰면 왼손이 지우는 식으로 자아 혼자 반으로 갈라져 두 쪽으로 분열되더니 저와 똑 닮은 서로를 못 견디고 함께 죽었다. 이것은 애거서 크리스티가 『그리고 아무도 없었다』에서 사용한 살해 방식과도 동일했다. 자아의 죽음조차 기존 마더구스의 노래 가사나 유명한 추리소설에 나온 것을 모방한 방식이라니. 그런 자아가 나의 자아라고 할 수 있나 하는 의문이 들었지만, 아홉 번째 성 테레사 자매님의 행방을 찾기 위해서는 이보다 분명한 단서도 없었다. 테레사는 문서의 뒷부분을 마저 읽기 시작했다.

성 테레사 자매님 두 명이 햇빛을 쬐다가
한 명이 햇빛에 타 죽어서 한 명이 되었다.
성 테레사 자매님 한 명이 혼자 남았는데
그 자매님이 목을 매어서 아무도 없게 되었다.

그래. 중요한 것은 아홉 번째 성 테레사 자매님이 어떻게 죽는지가 아니었다. 성 테레사 자매님이 죽고 나면, 남는 건 테레사뿐이라는 사실이었다. 혼자 남겨지는 것만은 피해야 했다. 그동안의 자아는 테레사가 함께 있을 때만 죽었다. 그러나 아홉 번째 성 테레사 자매님은 달랐다. 그동안의 자아 정체성에 대한 고민은 어쩌면 스스로 자연발화되는 법을 찾으려던 건지도 몰랐다. 어떻게든 성 테레사 자매님이 죽기 전에 찾아야 했다. 찾아서 제멋대로 햇빛에 타 죽지 못하도록 어둠 속으로, 그늘로, 다시 방구석으로 끌고 들어와야 했다.

테레사는 아홉 번째 성 테레사 자매님이 햇빛에 타 죽으러 갈 법한 장소를 떠올리기 시작했다. 그것은 대낮의 수치와 특히 연관이 있어 보였다. 수치와 모욕은 어둠 속에서 가능한 것이 아니었다. 한낮의 광장에서, 밝고 환한 곳에서만 수치와 모욕으로 훼손된 자아의 화형식이 가능했다. 성 테레사 자매님이 순교 장소로 택할 장소는 그런 몸의 기억이 남아 있는 곳일 터였다. 그러나 그렇게 생각하자, 더욱더 성 테레사를 찾기란 매우 요원해 보였다. 한낮의 태양 아래 자아가 훼손되는 수치와 모독의 순간은 돌이켜보면 테레사가 살아온 매 순간 매 장소마다 크고 작은 흔적으로 남아 있었다. 어딜 가도 시체 보존선이 그려져 있을 터였다. 할 수 없이 테레사는 추적할 시간이 나기를 기다렸고, 계약기간이 끝난 후 그 장소들을 하나씩 순회하기로 결심했다.

"그래서요."

테레사가 다 먹은 뼈를 텅 소리 나게 통에 버리며 말했다.

"성 테레사 자매님을 찾아다니려면 돈이 필요한데 제가 실업급여 받기에는 근무일 수가 조금 모자라더라고요. 혹시 삼백만 원만 빌릴 수 있을까요? 성 테레사 자매님만 찾으면 바로 일해서 갚을게요."

돈을 빌려 달라는 부탁을 받을 거라고는 생각 못해서 주경은 그 말을 하는 테레사의 입을, 그 입 안쪽의 포도청을 그저 멍하니 바라보았다. 이 길고 긴, 말도 안 되는 자매님이니 순교니 자아 찾기의 이야기들이 실은 내게 돈을 빌리기 위한 (개)수작이었던 건가. 도대체 날 뭘로 보고. 설마 저 나이에, 매달 들어오는 월급이나 실업급여라도 받지 못하면 당장 생활이 불가능할 정도로 생계가 어려운 건가. 단돈 삼백만 원, 물론 삼백만 원은 내게도 큰돈이지만 그래도 잘 알지도 못하는, 그저 잠깐 머물다 간 회사의 관리자에게 삼백만 원을 빌려 달라고 아쉬운 소리를 할 정도의 삶이란 도대체 어떤 것일까. 그러니까, 당신이 자아실현이니 하면서 인생을 헛되이 살다 잃어버린 자아를 왜 내 돈으로 찾으려 하는 건가. 주경은 이 모든 말들이 튀어나오려는 것을 애써 삼켰고, 자기 목구멍 안의 포도청, 수많은 죄의 언어들이 갇힌 포도청을 떠올렸고, 그래서 튀어나오려는 자아를 누르기 위해 테이블 한쪽에 벗어두었던 마스크를 황급히 쓰고 테레사를 바라보았다.

†

돈 삼백만 원을 빌리고 잠적한 테레사를 주경이 다시 만난 곳은 한 마트의 푸드 코트였다. 딱 한 달만 쓰고 돌려준다던 돈 삼백만 원을 빌린 지는 석 달째, 이자는 필요 없다고 해도 매달 이자를 주겠다더니 한 달 후에 이자 대신이라며 「성 테레사와 그리고 아무도 없었다」라는 짧은 글만 보내놓고 연락이 끊긴 지는 두 달째였다. 가끔 성 테레사 자매님은 찾았나요, 라는 카톡을 보내면 1이 사라지는 것으로 보아 읽기는 하는구나, 할 뿐이었다. 빨리 달라고 독촉을 한 것도 아닌데 돈 삼백만 원이 뭐라고 연락을 끊나, 라고 하기에는 주경에게도 삼백만 원은 큰돈이었으니 이해가 안 가는 것도 아니었지만. 그러나 아무리 목구멍이 포도청이라고 해도 남의 돈을 떼어먹고 본인만 호의호식하는 건 아니지 않나. 지금 테레사가 먹고 있는 푸드 코트의 돈가스 정식을 가지고 호의호식이라 표현하는 게 적합한 건가 하는 의문과는 별개로, 걱정했던 것과 달리 잘 먹고 잘 지내고 있는 테레사를 보니 안도하는 마음만큼이나 울분의 자아가 솟구쳤다. 테레사는 주경을 보고도 당황하지 않고 눈인사를 건넨 후 남은 돈가스 소스에 밥까지 싹싹 비벼 먹기 시작했다. 주경은 격앙되려는 말투를 애써 누르며 물었다.

"먹고 살 만한가 봐요. 내 돈도 떼어먹고 잠적하더니."

주경의 말에 테레사가 다 먹은 그릇을 들고 일어섰다.

"잠적은 아니고요. 여기서 일하느라고."

그제야 테레사가 두르고 있는 앞치마가 보였다. 푸드 코트에서 아르바이트를 하는 모양이었다. 그렇다고 해서 오해를 사과할 생각은 들지 않았다. 그렇게 사람을 걱정시켜놓고. 그러니까, 주경은 걱정했다. 자아도 잃어버린 테레사가 잘 살고 있을지, 걱정이라는 걸

했다. 그런데 이렇게 멀쩡히 잘 살고 있으면서 연락도 받지 않고.

그러나 테레사에게도 핑계는 있었다. 테레사의 핑계란 이런 거였다. 그날, 주경에게 돈을 빌린 게 자신이 아니라 성 테레사 자매님이라는 거였다. 행방을 감추기 위한 자금 마련을 위해 테레사 흉내를 내어 주경에게 돈을 빌렸다는 거였다. 그러면서 물었다.

"생각해보세요. 제가 주경 씨에게 돈을 빌릴 정도로, 우리가 그런 사이였나요? 제가 그럴 깜냥이나 되는 사람이겠느냐고요. 돈을 빌린 자아가 제가 아니니까 가능했던 것 아닐까요?"

그러고 보니, 생각해보면 그 말이 틀린 것도 아니었다. 주경은 충실한 관객답게 테레사의 논리에 쉽게 흔들렸다. 그렇다면 내가 빌려준 돈은 어떻게 돌려받나.

"그럼 제 돈은요?"

그러자 테레사가 선심을 쓰듯 말했다.

"제가 받아줄게요. 같이 성 테레사 자매님을 찾으러 가요."

그렇게 해서 매주 휴무일마다 두 사람은 함께

성 테레사 자매님을 찾아다니기 시작했다. 그 식당에서
의 대화를 토대로 성 테레사가 갈 만한 불타오르는 수
치와 자아 훼손의 장소들을 테레사는 차곡차곡 기억에
서 끄집어내었다.

어린 날의 테레사는 이런 일들을 겪었다.

유치원생 테레사. 매일 여자아이들의 팬티 검사
를 하던 반백의 남자 원장. 여자아이가 속옷이 이게 뭐
니 볼품없이. 엄마한테 낡은 팬티 말고 예쁜 새 팬티 좀
사달라고 해라.

초등학생 테레사. 방과 후 집으로 가는 한적한
골목길에서 뒤따라오던 중학생 오빠. 갑자기 손을 뻗어
막 자라기 시작한 가슴을 훔치던 손길과 테레사의 어리
둥절한 눈과 마주치자 터질 듯 붉어진 얼굴로 내뱉은
말. 뭐가? 누가 브래지어도 안 하고 다니래?

중학생 테레사. 방과 후 환경미화 준비 중 정전
된 교실에서 숨바꼭질 놀이를 하자던 남자 교생. 뒤에
서 끌어안으며 속삭이던 음성. 너 나 좋아하지? 넌 이대
로만 잘 크면 8점은 된다. 졸업하고 연락해라.

고등학생 테레사. 늦은 밤 독서실 앞에서 마주
치자 집까지 데려다준다며 차에 태워준 학원 선생. 요

새 연애하니? 남자 친구 사귀느라 성적이 떨어진 건 아니고? 어디 가슴 한번 만져보자. 가슴만 만져보면 남자 친구가 있는지 없는지 선생님은 다 알 수 있다.

그런 식으로 만짐 당하며 몸에서 떨어져 나간 자아의 이름은 대체로 도전과 용기였다. 소심하고 두려움 많은 아이로 자라며 테레사는 일상의 장소들이 항상 경계하고 두려워해야 하는 장소가 된다는 것을 알았다. 좋아하는 누군가에게 자신은 존중받지 못하는 자아 없는 몸으로만 인식된다는 것도 알았다. 더 멀리 나가거나 새로운 일을 시작하기 전에, 여자아이로 존재하고 길을 걷는 것만으로 누군가를, 교복을 입은 평범한 얼굴의 남학생에게 죄를 짓게 만들 수도 있는 죄의 근원으로서 자신을 상기하기도 했다. 그게 전부는 아니었지만, 그 일부가 전부에게 세계를 알아가고 세계에게 나를 알리는 데 어떤 식으로 자아를 위축시켜 왔는지는 알 수 없었다. 목소리가 담장을 넘지 않도록 조심하는 일, 내가 지금 이곳에 있다는 것을 들키지 않도록 존재감을 지우는 일, 그런 것이 훼손된 자아가 한 일이었다.

학교를 졸업한 후 테레사는 또한 이런 일들을 겪었다.

방송국과 프로덕션과 바른 먹거리 운동본부와
초록연대와 작은 잡지사와 학원과 식당과 마트에서 수
습과 계약직과 임시직을 거치는 동안 부당함에 관해 항
의를 할 때 의자를 빙글빙글, 공정함에 대한 의문을 제
기하면 웃음을 피식피식, 약속 이행에 대한 촉구에 발
가락만 까딱까딱, 고생이 많다며 어깨를 주물주물, 딸
같다며 손을 조물조물, 며느리 삼고 싶다며 허벅지를
쓰담쓰담.

사실 주경은 반복되는 어떤 모욕에 관한 진술들
에 뒤늦게 자신의 목소리를 얹는 것이 비겁한 편승이라
고 생각했고 그래서 침묵을 택하곤 했다. 여럿이 있는
자리에서 지하철에서 겪은 성추행을 고백하는 여자 동
료에게, 나는 왜 그런 일도 못 겪는 거야, 하면서 그가
겪은 일을 아무것도 아닌 걸로 취급하며 자신의 외모를
스스로 모욕하고 우스개로 삼는 식으로, 남자 동료들
틈에서 왜 부럽니? 그래 부럽다 부러워, 그런 농담을 주
고받는 것으로 자신의 앞에 붙은 여자라는 수식을 떼어
내고 소위 쿨한 동료의 자리에 놓아두려던 게 주경이었
다. 자신에게는 자격이 없었다. 그러나 성 테레사의 행
방을 쫓으며 테레사가 소환한 기억들은 주경에게도 전

혀 낯선 것이 아니었다. 관객의 자리에 있다고 믿은 것은 주경의 방어적 자아였을 뿐, 주경의 관객석은 언제나 콜로세움 안에 있었다. 자격이 없다는 말처럼 손쉬운 변명도 없었다. 관객(이라 믿은 자)에게는 관객의 자리에서만 가능한 사건의 진실과 비명도 있을 터였다. 어떤 것은 같은 방식으로, 다르지 않아도 여러 번 진술되어야 했다.

　　그보다 더한 기억들은 여전히 어두운 방구석에 숨겨둔 채였지만 이 정도로도 주경은 분명히 알 수 있었다. 우리의 자아는 이토록 닮은 손상과 닮은 상실로부터 닮은 회복과 닮은 재건의 과정을 거쳐 여기까지 왔구나. 주경은 테레사와 함께 이 모든 장소를 빙글빙글 돌며 그런 생각을 했다. 그러나 어디에서도 성 테레사 자매님은 나타나지 않았다. 아무래도 이런 방법으로 자매님을 찾기란 불가능해 보였다. 생각해보면 타인에 의해 자아가 훼손된 장소에서 성 테레사를 찾을 수 있을 거란 착상이 잘못된 것인지도 몰랐다. 자아를 온전히 사라지게 할 수 있는 건 테레사 자신뿐이었다. 테레사가 아닌 그 누구도 자아를 손상시킬 수는 있어도 이 세계로부터 영원히 추방할 수는 없었다. 성 테레사가 화형식을 꿈꾼다면, 그것은 테레사의 남은 자아 혐오가 발화점에 도달하는 순간 가능해질 터였다. 애초에 젠장과 제기랄로부터 탄생한 부정과 저항의 자아란 결국 테레사가 자신과 타인에 대한 예의를 잃지 않도록 최전선에서 보호하려는 자매님들의 애정 어린 분투와 성스러운 속죄였다.

아니 그런데 젠장. 이것은 너무나 진부한 결론 아닌가. 그러니까 그토록 찾아 헤매던 파랑새는 가까운 곳에 있다는 식의 자아 찾기의 클리셰와 이 깨달음이 무엇이 다른가. 게다가 아무리 삼백만 원을 받아야 한다지만 남의 자아 찾기에 내가 왜 이렇게까지 해야 하는 건가. 제기랄.

뜨거운 초여름의 땡볕 아래 성 테레사의 행방을 쫓다 보니 그런 불만들이 주경에게 마구 떠오르기 시작했다. 그러다 주경은 깜짝 놀라고 말았는데, 이 비판적 성찰 또한 젠장과 제기랄로부터 만들어지던 테레사의 자아가 자신에게 투사된 결과인 것 같아서였다. 그렇다면 이 자아의 이름은 무얼까. 주경은 테레사의 얼굴을 가만히 쳐다보았다. 지금 테레사는 자아가 튀어나올까 두려워서가 아니라 자아 없음을 들킬 것이 두려워 마스

크를 쓰고 있었는데, 마스크에 가려진 코와 입이 있어
야 할 곳에 없더라도 아무도 눈치채지 못할 것만 같았
다. 그러자 주경은 성 테레사 자매님이 좋아했다던 고
골의 단편 「코」를 떠올렸고, 자신이 테레사의 얼굴 중
앙에서 똑 떨어져 나와 독립된 자아가 된 테레사의 코
인지도 모른다는 생각을 했다. 관리자의 옷을 입은 코.
테레사 닐에 자아 의탁한 성 테레사 자매님을 찾아 사
냥개처럼 코를 킁킁거리고 다니는 동안 내가 테레사 코
가 되어버렸구나, 나는 이토록 충실한 관객이구나, 생
각하니 주경은 실없이 웃음이 새어 나왔고, 이것으로
되었다는 생각이 들었다. 그동안 테레사가 아니라면 가
보지 않았을 동네와 골목을 다니며 과거를 추억했고,
욕했고, 같이 기억의 상처로부터 탈주해 그것을 자아
찾기의 긴 여정 안에서 고통과 연대와 치유의 섹션 안
에 밀어넣으며 함께할 수 있었으니 이것으로 되었다고.

　　"이걸로 충분한 것 같아요. 여기서 그만할까 봐
요."

　　주경이 웃으며 말하자 테레사가 가만히 주경을
보더니 단호하게 말했다.

　　"안 돼요. 그만두더라도 삼백만 원은 돌려받고

그만둬야죠. 마지막으로 한 곳만 더 가 봐요. 그곳에 가면 꼭 성 테레사 자매님을 만날 수 있을 거예요."

†

7월의 첫 번째 휴무일에 두 사람은 지하철을 타고 인천으로 갔다. 햇볕에 타 죽으려면 일광욕, 일광욕하면 바닷가, 그러니 가장 가까운 바닷가라도 가서 성 테레사 자매님을 찾아보자는 테레사의 제안에 따른 거였다. 성 테레사를 찾으러 왔지만 주경은 오랜만에 보는 바다라서인지 멀리 여행을 떠나온 듯 파도치는 설렘을 느꼈다. 바닷가에 앉아 성 테레사를 기다리며 가만히 넘실대는 파도를 보고 있자니 바다는 닫힌 세계에 매번 새로운 풍경을 들여놓아주는 가장 큰 창이라는 생각이 들었고, 성 테레사 자매님을 영원히 찾지 못해도 좋겠다는 마음도 들었다.

그사이 해가 기울고 날이 저물었다. 성 테레사 자매님은 오늘도 나타나지 않을 것이다. 어쩐지 안도감이 들었다. 이대로 나타나지 않는 성 테레사 자매님을 테레사와 둘이 아주 오래 찾아다니는 꿈을 오래전에,

혹은 오랜 후에 꾼 것도 같았다.

　"한번은요,"

　옆자리에 나란히 앉아 가만히 바다를 보던 테레사가 말했다.

　"일을 하다가 굉장히 빈정 상하는 일이 있었거든요. 처음에는 그게 어떤 감정인지 몰랐는데, 퇴근을 하면서 곰곰이 생각해보니까 그게 바로 '빈정 상하다'라는 감정이었던 거예요. 그리고 그 감정이 어디서 오는가 생각해봤더니, 나는 그런 취급을 받을 사람이 아니라는 생각, 그러면서 내가 하는 일과 함께 일하는 동료들은 그런 취급을 받아도 괜찮은 사람들이라는 차별적 자아의 무례한 이중성에서 나온 거였어요. 그리고 생각했죠. 이건 자아가 가질 수 있는 감정 중 가장 저급한 것 중 하나구나. 나는 고작 이런 자아를 품었구나. 이런 끔찍한 자아와 마주하지 않으려면 어떻게 해야 하나, 저는 고민했어요. 내가 타인과 부딪침 없이 자아가 실현된 곳에 있기만 하면, 내 자아는 훨씬 고결한 마음과 고귀한 생각만 하며 인격적으로 완성될 수 있는 것 아닐까. 그러다가요, 그 마음이 참 무섭다는 생각을 했어요. 혼자여야 고귀할 수 있는 자아라면, 그게 진정 고

귀한 게 맞나. 그런 자아실현이란 도대체 무슨 의미가 있나. 이런 생각을 하는 자아는 너무 무섭다. 내 자아는 너무 외롭고 너무 무섭다. 그래서요, 주경 씨에게 부탁했던 거예요. 나와 자아를 혼자 두지 말아달라고. 같이 찾아달라고. 아니 같이 영원히 찾지 못하게 해달라고."

주경이 테레사를 돌아보자 테레사가 가볍게 웃으며 몸을 일으켰다. 그리고 바지에 묻은 모래를 탈탈 털며 말했다.

"이걸로 됐어요."

"뭐가요?"

"다 알면서 여기까지 함께해준 것."

그래. 주경은 알고 있었다. 그냥 알게 되었다. 왜냐하면 주경에게도 그런 기억이 있었으니까. 집안의 빚을 갚는 동안 매일 하루에 한 번씩 대출업체의 전화를 받았다. 나중에는 그 전화가 싫지 않았고 반가운 마음마저 들었다. 빚 독촉 전화가 아니라면 내게 전화를 걸 사람도, 내 안부를 걱정하고 내가 매일 살아 있는지 궁금해할 사람도 없겠구나, 그런 생각을 하던 때가 있었다. 그 후 주경은 대출업체의 추심 팀에서 잠깐 일한 적이 있는데 그때 처음으로 자아를 두고 다니는 법을 익했다. 내 입에 풀칠하겠다고 입으로 지은 많은 죄들, 내 자아는 소중하다고 집에 곱게 모셔두고 타인의 자아를 손상시키기 위해 애써온 시간들, 그 시간들 속에서 주경은 다만 한 가지 기도를 했다. 늦게 갚아도 좋고 날짜를 지키지 못해도 좋아요. 대신 전화만 받아요. 잠적하지 말아요. 사라지지 말아요. 언제든 연락이 닿기만 해줘요. 살아만 있어요.

간신히 연결된 소속에서 멀어졌을 때, 테레사도 자신이 완전히 고립될까 봐, 자아에 완전히 매몰되거나 자아를 완전히 잃어버리게 될까 봐 걱정이 되었는지도 몰랐다. 그래서 주경이 자신의 안부를 걱정하게 만들었던 건지도 몰랐다. 자신에게 돈을 빌려준 사람이 아니라면 누구도 자신의 행방을 궁금해하거나 걱정하지 않으리라고, 테레사는 생각했을 것이다.

주경은 이런 이야기를 들은 적이 있었다. 청어는 스트레스를 잘 받는 생선이다. 잡히면 금방 죽어버린다. 그런데 잡아놓은 청어들 사이에 새끼 상어를 풀어놓으면, 청어는 살아남기 위해 죽기 살기로 상어를 피해 도망치기 시작한다. 덕분에 어부는 살아 있는 청어를 팔 수 있게 된다는 거였다. 추심업체에서 일할 때,

주경의 선배가 술에 취해 들려준 이야기였다. 그러니까 테레사가 도망쳐 살아남는 데 도움이 된다면, 주경은 자신이 새끼 상어가 되어도 좋다고 생각했다.

"원하면 같이 더 찾아도 돼요."

주경이 말하자 테레사가 고개를 저었다.

"여기까지만 하려고요."

"왜요?"

"하라면 좀,"

"하라는 대로 할까요?(웃음)"

말을 시작한 건 테레사였지만 끝맺음한 건 주경이었다. 두 사람은 서로의 얼굴을 마주보며 찌찌뽕을 외치다가 함께 웃기 시작했다. 두 웃음이 얽히자 한 번도 들어본 적 없는 새로운 소리가 만들어졌다. 테레사 코의 웃음소리였다. 애초에 두 사람이 찾아다닌 건 성 테레사 자매님이 아니라 테레사와 주경 사이에 자라기 시작한, 그냥 하라면 좀(또 시작이네), 그냥 하라는 대로 하세요(어쩌라고), 같은 말버릇을 가진, 관리자의 옷을 입고 코를 킁킁대며 길 위를 떠도는 조금은 제멋대로고 조금은 우스꽝스러운 자매님, 테레사 코 같은 이름을 가진 자매님이었는지도 몰랐다.

　　사실 이것은 일종의 성지순례였다. 14처에 이르는 십자가의 길이었다. 그것은 또한 막다른 골목을 무섭다고 질주하는 13인의 아해를 무서운 아해와 무서워하는 아해가 되어 지켜보는 일이었다. 이상의 시 「오감도」를 처음 읽었을 때 주경은 그 아해들은 무서워하면서, 스스로 무서운 아해가 되면서 어떻게 도로를 질주할 수 있었는지 궁금했다. 그러나 이제는 알 것도 같았다. 그들은 혼자가 아니었으니까. 무서워하는 아해와 무서운 아해가 13명이나 되었으니까. 그들은 도로를 질주하여도 좋았고 질주하지 아니하여도 좋았다. 그 골목은 막다른 골목이어도 좋았고 뚫린 골목이어도 좋았다. 그런 해석은 오로지 주경 혼자만의 왜곡이라도 좋았다.

　　"그러고 보니."

　　주경은 결코 닫히지 않는 푸른 창 같은 바다를 보며 다시금 창에 대해 생각했다. 테레사의 자매님들이 사라지며 남긴 시체 보존선, 그건 피살된 자아의 범죄 현장 기록이 아니라 다른 세계로 건너가며 남기고 간 인간의 형태를 한 창이었는지도 몰랐다. 그 이야기를 하고 싶었는데, 이것은 내가 아니라 테레사 코의 말이 아닌가, 하는 생각에 차마 쑥스러워 망설이는 사이 테레사가 잠깐만요, 여기서 기다려줘요, 하더니 해변을 지나 편의점 쪽으로 달려가기 시작했다. 더 이상 테레사의 모습이 보이지 않게 될 때까지 그 뒷모습을 지켜보다가 주경은 바닷가 모래 위에 앉아 테레사를 기다렸다. 그리고 잠시 후, 휴대폰에 알림이 떠서 보니 테레사에게 빌려준 돈 삼백만 원이 입금되어 있었다. 그래서 알았다. 지금까지 주경과 같이 있었던 건 테레사가 아니라 그토록 찾아 헤매던 성 테레사 자매님이었다는걸.

테레사는 돌아오지 않을 것이다. 주경은 알 수 있었다. 이대로 끝인 걸까. 그리고 정말 아무도 없나. 문득 생각나서 주경은 언젠가 테레사가 보내준 「성 테레사와 그리고 아무도 없었다」를 다시 찾아 읽어보았다.

성 테레사 자매님 네 명이 바다에 나갔다가

청어 한 마리가 한 명을 삼켜서 세 명이 되었다.

이대로라면 지금 바닷가에서 사라진 건 일곱 번째 성 테레사 자매님이었다. 자신에게 허락된 자아를 다 잃었다는 건 테레사의 착각이었을 뿐, 아직도 테레사에게는 테레사와 두 명의 자매님이 더 남아 있는 것이다. 그것이 주경이 꾸는 관객의 꿈이었다.

†

　　며칠 후 주경은 도서관의 재적 세일에서 테레사가 언급한 책『관객의 꿈: 차학경 1951-1982』를 보았고 그것을 헐값에 구입할 수 있었다. 책에는 테레사 학경 차의 슬라이드 투사 작품 〈그것은 저것과 거의 진배없다, 1977년〉의 사진이 실려 있었는데, 그중 한 슬라이드에는 이런 문장이 새겨져 있었다.

　　그것은 저것과 거의 진배없다.
　　나는 시간이 어떻게 지나갔는지를 묻는다.*

†

　　그 후 주경은 테레사와 한 번 더 마주쳤다. 퇴근

---

* 『관객의 꿈: 차학경 1951-1982』, 콘스탄스. M. 르발렌 엮음, 김현주 옮김, 눈빛, 2003, 35쪽.

하는 지하철 안에서였는데 주경이 먼저 알아보고 앉아 있는 테레사 앞에 섰다. 꾸벅꾸벅 졸던 테레사가 내릴 역을 지나친 줄 알았는지 화들짝 놀라며 잠에서 깨어나더니 걱정스레 주위를 두리번거리다 주경과 눈이 마주쳤다. 지친 표정으로 미소 짓는 테레사에게 주경이 조용히 물었다.

"요즘도 성 테레사 자매님을 찾고 있나요?"

테레사가 웃으며 고개를 젓고는 조그맣게 중얼거렸다.

"아니요."

"왜요?"

테레사가 무어라 대답했는데 지하철의 안내방송 때문에 주경은 그 말을 듣지 못했다. 주경이 답답한 마음에 뭐라고요? 뭐라고요? 다시 묻는데 그사이에 지하철이 오리역에 정차했고 테레사는 자신이 내려야 할 역이라며 급하게 하차하더니 곧 보이지 않게 되었다.

테레사가 앉았던 자리에 앉아 주경은 계속 테레사의 입 모양을 떠올리며 그 말이 무슨 말인가 맞춰보려고 애썼다. 그러나 아무리 짜맞춰 보아도 목구멍이 포도청이라서요, 라는 말밖에는 떠오르지 않아서 그

건 아니겠지, 그건 아니면 좋겠다, 생각하며 그 입 모양을 대신할 다른 말들, 테레사를 위한 더 나은 말, 목요일에는 포도청, 맛있는 건 포도청, 목에 좋은 포도청, 그런 말들을 자꾸 떠올려보았고 생각난 김에 인터넷으로 포도청 만드는 법을 검색해보았다. 그러다 아니다 이건 아니다, 테레사가 목구멍이 포도청이라고 말했으면 그 입 모양을 그대로 읽는 것, 그것이 관객인 내가 할 수 있는 모든 것이다 생각하다가 주경은 자신이 만난 게 실은 테레사가 아니라 성 테레사 자매님이었는지도 모른다는 생각을 했고, 테레사와 주고받은 메시지 창을 열고 테레사는 지금 어디에? 라고 적어 보냈다. 곧 1이 사라지고 답변이 왔는데 그것을 보며 주경은 마스크 안에 감춰진 코를 더듬더듬 만져보았고 목구멍 깊숙이 한 번도 먹어보지 않은 달짝지근한 포도청의 맛이 올라오는 것 같아 마른침을 꿀꺽 삼켰다.

올드 레이디 버드

학예사 정이 그런 이야기를 한다는 점에서—시
댁과의 소소한 불화들, 영우가 생각할 때는 불평을 가
장한 자랑 같은 남편과의 일상, 임시로 들어온 경비직
염의 시선이 어쩐지 불편하고 꺼림직하다는 것, 박물관
의 다른 직원들이 새로 발령받은 자신을 은근히 따돌리
는 느낌이 든다는 것까지—영우는 정에게 일종의 우정
같은 것을 느꼈다. 계약직과 기간제를 여러 번 거치는
동안 이전의 근무처에서는 한 번도 느껴본 적 없는 감
정이거니와 우정이라니. 우정이라는 말을 떠올린 것조
차 오랜만이었다.

저만 이런 생각하는 거 아니죠? 라거나 아, 이런 이야기 함부로 하면 안 되는데, 라는 덧붙임부터 내가 영우 씨가 너무 편한가 보다, 그냥 못 들은 걸로 해줘요, 라고 기껏 내뱉은 말을 다시 주워 담으려 하는 것까지, 영우는 자신이 정에게 과분한 것, 어떤 우정의 증표를 받고 있다고 느꼈고 자신도 그에 보답을 해야 한다고 생각했다. 그래서 애써 다른 직원들에 대한 불만을 떠올려봤지만 적당한—정과 유대감을 나누는 데는 도움이 되지만 영우를 뒤에서 험담이나 하는 사람처럼 보이게 하거나 말이 새어나가 다른 직원들과 문제가 생기지 않을 정도의 적정한—이야깃감은 찾기 힘들었고, 그러다 떠올린 게 염의 지나친 친절이었다. 언젠가 염이 박카스를 건네준 적 있었는데 그때에 박카스 뚜껑을 따서 건네주더란 것, 마시고 싶지 않았지만 그 앞에서 바로 마실 수밖에 없었던 과도한 친절의 강압성과 그때 닿았던 손가락의 감촉에 대해서, 영우는 아무렇지 않은 듯 언급했다. 정이 얼굴을 찌푸리며 말했다.

"영우 씨, 큰일 날 사람이네. 아무리 호의라 해도 남이 따준 음료 같은 거 함부로 받아먹으면 안 돼요. 아니 염 선생님이 그럴 사람이라는 건 아니지만, 그래

도 무슨 일이 있을 줄 알고. 앞으로는 그러지 마요. 염려
되잖아."

"그런가요?"

영우는 덤덤히 반문하며 고개를 숙였다. 드러났
을지도 모를 표정을 숨기기 위한 것이었다. 염려라는
말. 그것은 영우가 그동안 정에게 받은 징표들 중 가장
뜨겁고 무거운 것이었다. 집에 돌아가면 영우는 오래
쓰지 않은 일기장을 펼치고 '염려'라고 적고 그 단어를
한참 들여다볼지도 몰랐다. '염려'라는 말 옆에 맥락 없
이 복종이나 숭배, 충성 같은 단어를 쓰고 싶어질 수도
있었다.

정이 조금도 무섭지 않은 얼굴로 인상을 쓰며
못 말린다는 듯이 덧붙였다.

"영우 씨도 참, 어린 나이도 아닌데 세상 무서운
걸 너무 모른다, 그죠? 사람 그렇게 함부로 믿으면 안
돼요."

그렇게 말하고 정은 핫팩 대용인 듯 양손으로
감싸 쥐고 있던 따뜻한 홍삼 음료를 어쩌지, 하는 표정
으로 내려다보다가 어쩔 수 없다는 듯 어깨를 으쓱하고
는 주머니에 넣었다. 조금 전 염이 정에게 건네준 것이

었다. 그것이 영우가 정에게 염의 이야기를 한 이유기도 했다.

박물관 정원의 석조물 앞에 정이 서 있기에 혹시 도와줄 일이 있나 싶어 다가갔을 때였다. 어두운 주차장 쪽에서 누군가 스윽 정에게 접근하더니 음료수 한 병을 건네주었다. 염이었다. 영우가 가까이 가자 염이 당황한 듯 바지에 손바닥을 문지르며 중얼거렸다.

"학예사님 혼자 계신 줄 알고. 어쩌나, 음료수가 한 병밖에 없는데."

미안해하지 않아도 되는 일에 지나치게 미안해하며 돌아서는 모습을 보는데 그 일이 생각난 거였다. 사실 염이 영우에게 베푼 과도한 친절이란 단 한 번뿐이었고, 목마른 영우에게 박카스를 건네주었다가 한 손에 든 짐 때문에 뚜껑을 열지 못하는 것을 보고 다시 가져다 뚜껑을 따서 돌려준 것에 지나지 않았다. 그러나 그런 전후 사정까지 설명할 의무는 없었다. 없는 이야기를 지어내거나 특별히 나쁘게 매도한 것도 아니니까 염에게 미안해할 이유도 없었다. 영우가 한 거라곤 정이 이미 가진 어떤 꺼림직함에 확신을 더할 수 있는 약간의 뉘앙스를 전달한 것뿐이었다. 뚜껑이 따진 박카스에 대한 풍문들과 어쩌다 이쪽의 세계에 잠시 편입되었지만 곧 떠나버릴 저쪽의 뜨내기에 대한 불안감, 둘만이 공유하는 가장되어 더 과장된 위험에 대한 시그널을 공유하는 것으로 둘만의 미약한 동맹은 더욱 공고해질 터였다.

그날 퇴근 무렵, 영우는 빈 사무실에 들어가 근무 표를 작성하다가 염이 건네준 홍삼 음료가 정의 책상에 그대로 놓여 있는 것을 보았다. 그다음 날도 마찬가지였다. 금요일 밤, 모두 퇴근한 사무실에서 마지막으로 나오다가 영우는 다시 돌아가 여전히 방치된 홍삼 음료를 집어 들고 빡빡한 뚜껑을 따서 마신 후 빈 병을 쓰레기통에 던져 넣었다. 월요일에 출근한 정은 그것을 누가 치웠는지, 혹은 누가 먹었는지 궁금해하지 않았고 영우도 언급하지 않았다. 그런 건 전혀 중요한 게 아니었다. 중요한 건 이런 거였다. 고양이. 박물관 후원에 자주 놀러오는 고양이에 관한 이야기가 중요했다.

1

정이 영우가 근무하는 박물관에 발령을 받아 온

것은 세 달 전이었다. 영우는 십일 개월의 계약직으로 들어와 박물관 유품들에 관한 데이터베이스 작업을 하고 있었는데, 자료실 한쪽에서 DB 작업을 하다가 창밖을 보면 종종 후원의 석조물들, 무덤을 지키며 죽은 이를 위한 심부름을 하던 동자석이나 마을을 지키던 벅수를 살피며 새가 떨구고 간 새똥을 치우거나 주변에 웃자란 풀을 뽑는 정을 볼 수 있었다. 그럴 때면 하던 작업을 잠시 멈추고 목장갑을 끼고 나가 정을 도와 잡초를 뽑거나 얼룩 제거를 돕기도 했다. 때로는 정이 먼저 영우 씨 지금 혹시 안 바쁘면, 하고 도움을 청할 때도 있었다. 한가할 때란 없었지만, 다 못 한 작업은 저녁이나 주말에 보충해도 되니까 괜찮았다.

"학예사가 이런 일도 하는 줄은 아무도 모를 거야. 영우 씨도 몰랐죠? 나도 몰랐거든."

영우가 풀을 뽑고 있으면 정은 허리를 펴고 스트레칭을 하며 투덜거렸다. 그러면서 듣기 좋은 나긋한 목소리로 사적인 불평들을—시어머니의 생신날 일부러 맞춘 떡케이크를 가지고 갔는데 노인네 취급을 한다고 기분 나빠 하시더라는 이야기, 가끔은 혼자서 점심을 먹고 싶은데 매번 우르르 가서 관장님의 입맛에 맞는 음식만 먹어야 돼서 혼자 밥 먹는 영우가 부럽다는 이야기, 그리고 누가 누구와 사이가 안 좋고 누구는 일 머리가 없어도 너무 없고와 같은, 나중에 정에게 불리 하게 작용할 수도 있는 직원들에 관한 사소한 험담들 을—어린아이의 투정처럼 무해하게 늘어놓곤 했다. 작 은 새처럼 작은 체구와 말끝을 늘이는 말투 때문인지 어떤 이야기를 해도 심각하게 들리지 않았고 날카롭게 찌르는 대신 둥글게 뭉그러졌다. 퇴근길 버스 안에서 귓가에 남아 있는 정의 목소리를 다시 떠올리다 보면 왜인지 이런 말들이 입안에 맴돌았다. 졸졸졸 시냇물. 종달종달 종달새. 퐁당퐁당 돌을 던지자. 흰 눈이 소복 소복.

　　정이 영우에게 그런 이야기를 할 수 있었던 건 사실 영우가 곧 떠날 사람이라는 것, 계약 종료를 앞두 고 있는 임시직이라는 점이 크게 작용했을 터였다. 어 떤 약점을 들켜도 괜찮으리라는 그 임시성이 주는 안도 감이 실은, 언젠가 어떻게 다시 만나더라도 영우가 결 코 정을 위협할 수 있는 유리한 입장이 되지는 않으리 라는 확신을 기반으로 한다는 것도 알고 있었다. 그럼 에도. 그런 불평을 듣다 보면 영우는 어쩐지 뜨거운 불에 설탕을 오래 졸인 것처럼 마음이 달게 닳아졌다. 다 가진 것처럼 보이는 정도 사는 게 쉽지만은 않구나, 고 달프겠구나, 그런 생각이 들었고 정을 이 혼돈의 세계로부터 보호해주고 사소한 도움이라도 나눠주고 싶어졌다.

　　그렇게 잡담을 나누는 시간이 좋아서 잡초가 더 빨리 자라기를, 새들이 더 자주 정이 관리하는 석조물 위에 새똥을 떨구기를 바란 적도 있었다. 한번은 친밀함의 표시로 정의 말투를 흉내 내어 아무에게도 말한 적 없는 가족에 대한 불만, 은밀한 비밀 같은 것을 살짝 꺼내본 적도 있었다. 그러나 말을 꺼내는 순간—꼭 정의 얼굴에 떠오른 난감함과 어색한 침묵 때문이 아니라도—영우는 자신에게는 그런 사소한 불평이 허락되지 않는다는 걸 깨달았다. 사소한 불평, 그건 허락된 자들을 위한 것이었다. 자신은 결코 정이 될 수 없었다. 어떤 불평을 하고 어떤 솔직함을 드러내도 그것이 그저 귀여워 보일 정도의 단단하고 이상적인 삶을 영위하는 사람만이, 작은 불만들을 지저귀듯 털어놓을 수 있었다. 영우가 하는 작은 불평들은 결코 작지 않았다. 아무리 별것 아닌 듯이 내뱉어도 그것은 기반이 약한 영우의 삶을 단숨에 망가뜨릴 수 있는 해일처럼, 돌이킬 수 없는 천재지변처럼 느껴졌다. 그러니 영우는 제 삶에 관한 사소한 불만이라도 결코 솔직하게 말해서는 안 되었다. 정이 하는 말들, 자기 자신도 남도 해치지 않으면서 공감을 이끌어내는 솔직하고 소소하게만 나쁜 이야기들, 그런 이야기를 할 수 있다는 것 자체가 특권이고 재능이었다. 취약성을 드러낼 수 있는 것이 강자의 언어였다. 영우는 결코 흉내 낼 수 없는, 거리감을 좁히는 친밀한 언어들 또한.

　　사랑받고 자란 티가 나는. 영우는 그 말을 싫어했다. 그것이 일종의 계급화와 관련 있고 사람 사이에 상하의 선을 그으며 자신을 사랑받기에는 모자란 사람의 자리에 눌러 앉힌 채 친밀한 관계에 관한 의지마저 상실케 하는 부동의 좌절감에 가둬둔다는 것도 알고 있었다. 그러나 결코 될 수 없기에 영원히 동경할 수밖에 없는 모든 것이 그 문장 안에 담겨 있었다. 그래서 정을 볼 때마다 그 수식어를 떠올렸다. 무엇을 해도 미움받지 않으리라는 것을 아는 사람은 얼마나 환한가. 때로 실수하고 때로 실패해도 자신을 사랑해줄 사람들이 등 뒤에 있다는 것을 아는 사람만이 가지는 따뜻한 힘과 솔직한 불평과 진심 어린 염려들 때문에 영우는 정이 좋았고, 그리고 아주 가끔 무서웠다. 좋아서 무섭고 결코 같을 수 없어서 무섭고 자신이 정과는 완전히 다른 사람이라는 것을 들키는 순간 바로 외면당할까 봐,—어딘가 꺼림직하지 않아요? 라며 염의 뒤에서 속닥거렸듯이 자신에 대해서 속삭일까 봐—무서웠다. 그무서움조차도 그때는 두근거림과 분간이 가지 않았고 자신이 꺼림직하지 않은 쪽에 있다는 사실, 분명히 존재하는 거부된 반대편을 마주하고 이쪽의 수락된 좁은 편에 서 있다는 것을 정이 명확히 해주었으므로 그것은 안심으로 작용했다.

그 후 다시는 정에게 그런 불편한 이야기는 하지 않았다. 대신 가벼운 잡담들, 다정하고 따뜻하고 귀여운 이야기, 그러니까 고양이 이야기 같은 것만 하게 되었다.

박물관 후원에는 종종 삼색 고양이 한 마리가 놀러오곤 했다. 박물관 직원들은 모두 고양이를 좋아했다. 사흘 연속으로 세찬 비바람이 불고난 후, 한동안 고양이가 보이지 않자 다들 고양이의 생사를 걱정했다. 늦여름 태풍에 떠내려가거나 사고라도 당한 게 아닌가

했는데, 얼마 전부터 저와 똑 닮은 작은 새끼를 동반하고 다시 나타나자 다들 반가워했다. 정 역시 고양이를 좋아했다. 정은 고양이 관련 유튜브도 여러 개 구독하고 있었는데 영우에게도 랜선으로 입양했다는 고양이 레오와 파드를 보여주며 물었다.

"고양이들은 왜 이렇게 귀여운 걸까요. 영우 씨도 고양이 좋아해요?"

영우는 고개를 끄덕였다. 고양이를 좋아해서가 아니라 고양이를 좋아하는 사람들 속에 자신도 속하기를 원했기 때문에. 정이 자신을 고양이를 좋아하는 사람이라고 생각해주기를 원했기 때문에.

2

모두가 고양이를 좋아했다. 어딘가에는 고양이를 좋아하지 않거나 덜 좋아하는 사람들도 있겠지. 그러나 영우가 잠시 속했다가 계약이 종료된 곳의 사람들은 아무도 고양이를 싫어하지 않았다. (혹은 아무도 공개적으로 고양이를 싫어하는 정체성을 밝히거나 자아를 들키지 않왔다. 만약 고양이를 좋아하지 않는다고 선언하는 사람이 있다면, 영우는 누구보다 먼저 적극적으로 그를 배척했을 것이다. 동족 혐오는 언제나 유효했고 더구나 그 동족이 고양이를 좋아하지 않는 사람들 중 한 명이라면!)

영우는 어느 근무지에 가건 대부분 가장 최근에 왔다가 가장 먼저 떠나는 사람에 속했다. 처음에는 일과 관련된 모든 것을 충실히 익히고 파악하려고 했지만 계약직 생활이 두 번 세 번 반복되면서, 불필요한 의욕을 버리고 떠나기 전까지 실수 없이 주어진 최소한의 일을 하며 시간을 버티는 법을 익혔다. 경력이 인정되지 않고 물 경력이라 불리는 일자리로만 옮겨 다니다 보니 어디서도 경력자 취급은 받지 못했지만 서로에게 기대감이 없는 그 상태가 차츰 편안해졌다. 갈수록 요령만 늘어났지만 요령만 늘어났다는 걸 들키지 않는 요령도 같이 늘어서 적당히 숙련된 계약직으로 머물다 떠날 수 있었다. 애써 일에 전문성을 띄기 위해 노력하지 않아도 된다는 것, 더 성장하려 않고 정해진 단순하고 반복되는 잡무만 하다 떠나도 된다는 점에서 어디를 가건 영우는 남아 있는 이들—지금 하는 직무와 관련된 성장 의지를 가져도 된다고 허락된 사람들—이 자신보다 우월하다고 느꼈고 잠시라도 겉돌지 않고 그곳에 속하기 위해서는 그들이 좋아하는 것을 같이 좋아해야 한다고 느꼈다.

지금 근무하는 박물관에 오기 전에 영우가 좋아해야 했던 것에는 마라탕과 고수, 조성진의 쇼팽과 자전거 하이킹과 클라이밍, 요르고스 란티모스의 영화와 드라마 〈닥터 후〉, 회복탄력성과 레몬 디톡스가 있었다. 그중 가장 힘들었던 건 고수를 듬뿍 넣은 마라탕과 클라이밍이었고 다른 건 그리 어렵지 않았다. 그때에도 고양이는 있었다. 고양이는 늘 있었다. 영우가 임시라도 속했거나 속하려고 한 곳에는 늘 고양이가 있었고 고양이들은 반론의 여지없이 귀엽고 귀여워야만 했다.

고양이의 귀여움은 취향의 문제가 아니었다. 선악의 문제였다. 옳고 그름의 문제였고 안전함과 혼돈의 문제였다. 최소한 영우가 속하고자 하는 세계 안에서는 그랬다. 자신이 좋아하는 것과는 별개로 영우는 언제나 고양이를 좋아하는 사람들 속에 속하고 싶었다. 그 편이 안전하다고 느꼈다. 이유는 알 수 없지만 고양이는 이 혼란하고 불확실한 세계에도, 더 확실하고 평온한 한 줌 햇볕이 비치는 폭신한 고양이 요람의 세계가 존재한다고 믿게 해주는 어떤 상징 같았다. 고양이가 있는 세계와 없는 세계가 있다면 당연히 있는 쪽이 더 나은 사람들의 세계라고 생각했다. 그리고 이런 생각조차 누군가의 고양이에 대한 글에서 영향을 받은 게 아닌가 하는 의혹이 들었는데, 어떤 글인지는 아무리 생각해봐도 떠오르지 않았다. 고양이의 위대함을 찬양하는 글은 어디에나 있으니까 그 수많은 문장들 중에서 출처도 없이 발췌된 생각들이 제 뇌리에 고양이 털처럼 뭉쳐 머릿속 고양이 요람을 흔들며 자신을 지배하고 있는 건지도 몰랐다.

고양이를 좋아하는 척하는 건 어렵지 않았다. 그러나 누군가 고양이를 보여주며 귀여움에 대해 함께 감탄해줄 것을 기대할 때면, 영우는 어떻게 대답해야 할지 몰라 난감해졌다. 싫지는 않았지만 대단히 귀엽지도 않았다. 문제는 고양이의 귀여움에 대해서 묻는 사람들은 시큰둥한 반응으로는 만족하지 못한다는 점이었다. 그 대단한 귀여움을, 고양이만이 세상을 구할 수 있다는 것을, 그 귀여움의 위대함을 알아주기를 바랐다. 그러나 영우는 아무리 고양이를 들여다보아도 압도적인 귀여움 앞에서 안절부절못하는 심정이 무언지 알 수 없었다. 그 위대함을 알아보는 눈을 가지지 못했다

는 것, 공감할 수 없다는 점에서 영우는 자신이 어떤 세
계에 속하는 자질이 남들보다 확실히 부족하다고 느꼈
고 그래서 고양이의 귀여움 앞에서 위축되고 소외되는
기분을 느꼈다.

그렇다고 해서 영우가 공감 능력이 떨어지는 사
람은 아니었다. 막 움튼 연한 녹색의 새 잎이나 수프가
끓을 때 보글보글 올라오는 거품, 어린아이의 낙서 같
은 캐릭터나 이상한 모양으로 구겨진 비닐봉지 같은 것
을 보면 귀엽다고 느꼈다. 그리고 텔레비전에 나오는
진짜로 귀여운 아기들에게서도 당연하게 귀여움을 느
꼈다. 그러나 제게 보여주는 주위 사람들의 아이나 반
려동물이 '진짜로' 귀여운 경우는 드물었다. 귀엽다고
느껴야 한다는 압박감 때문에 귀여운 구석을 찾는 동안
귀엽지 않은 모습들만 자꾸 눈에 띄었다. 특히 고양이
는, 고양이는 귀엽다기보다는 두려운 쪽이 아닌가? 입
으로는 귀엽다고 말하면서 정작 떠올리는 것은 애드거
앨런 포의 『검은 고양이』의 이미지였다.

좀 더 솔직해지자면 때로는 귀여움 비슷한 감정
을 느끼기도 했다. 아주 귀여운 아기 고양이의 아주 귀
여운 어떤 사진이나 행동 들은 사실 영우가 보기에도

귀여웠다. 그러나 이 정도로는 부족하다고 느꼈다. 고양이를 좋아한다는 건 이 정도의 얄팍하고 부서지기 쉬운 감정이 아닐 거였다. 감히. 고양이가 있는 세계는 감히 이 정도의 건조하고 간헐적인 애정으로 넘볼 수 있는 게 아니었다. 고양이에 대한 말들, 그 말들이 풍기는 따뜻한 온기와 고양이를 이야기하는 사람들이 나누는 온정들, 그 풍요로운 요람의 세계에 발붙이고 살기 위해서는 더 열렬하고 지속적인 애정, 백 퍼센트 그 이상의 성실한 애정이 있어야 가능하다고 생각했다. 그러므로.

영우는 계속 고양이에 대해 아무 입장도 가지지 않는 쪽을 선택했다. 다만 고양이 관련 유튜브는 여러 개 구독하며 고양이 카페에도 가입했는데 정과 대화할 때 사용할 표현들을 학습하기 위해서였다. 고양이 관련 게시물을 볼 때면 영우는 영상보다 그 아래 달린 주접 댓글, 고양이의 귀여움을 찬양하는 댓글 들에 주목했다. 그리고 그 말들을 기억해두었다가 정이 고양이 영상을 보여주면 이렇게 따라해보곤 했다. 세상에, 너무 귀여워서 입에 넣고 와랄랄라 하고 싶어져요. 어쩜, 발바닥의 핑크 젤리 좀 보세요. 한 번만 꾹꾹 눌러보고 싶네요. 식빵 굽는 아기 뒷모습이라니. 하루만 저 고양이

집사가 되어보면 좋겠어요.

정의 자리에도 고양이 관련 아이템들이 몇 개 놓여 있었다. 고양이가 그려진 담요와 키티 메모지 같은 것들. 그래서인지 고양이가 그려진 물건을 보면 자연히 정이 떠올랐다. 한두 번―결코 부담스럽지 않도록 적절하게 가격과 간격을 조절해서―편의점에서 점심 먹다가 눈에 띄어서, 정도의 느낌으로 키티가 그려진 손목 쿠션이나 고양이 발바닥 모양 젤리를 사다준 적이 있는데 정은 매우 환하게 웃으며 좋아해주었다. 그렇게 좋아하는데 왜 고양이를 기르지 않느냐고 물었더니 고양이 알레르기가 심하다고 했다. 그래서 할 수 없이 온라인 집사밖에 될 수 없었다고. 알레르기 약을 먹고 기를 생각도 해봤지만 남편이 반대한다는 말도 덧붙였다.

"남편이 반대하면 하고 싶어도 못 해요?"

영우가 묻자 정이 아주 잠깐 침묵하고는 이내 미소를 지으며 대답했다.

"아니, 내가 간절히 원하면 남편도 허락하겠지만."

허락이라는 표현이 마음에 들지 않았다. 정처럼

현명한 여자가, 자신이 원하는 것을 하기 위해 남편에게 허락을 구해야 한다는 사실이 영우를 화나고 슬프게 했다. 그때는 왜 정의 말에 그렇게 화가 나고 슬펐는지 알지 못했다. 나중에야, 영우는 자신이 화가 난 건 허락 때문이 아니라 간절히, 라는 표현 때문이라는 걸 알게 되었다. 결국 정은 한 번도 간절해본 적 없는 사람이었다. 간절하지 않은 마음, 간절하지도 않은 채 마음껏 귀여워하고 사랑하는 그 마음으로 기르지 않는 이유를 단지 타인의 허락 안에 귀속시켰다는 것, 그렇게 간절하지도 않은 마음으로도 마음껏 고양이를 좋아하는 사람일 수 있다는 사실이 영우를 화나고 슬프게 했다.

그러나 한편으로 영우는 안도했다. 그날 이후 어쩐지 정을 대하기가 더 편안해졌다. 그토록 간절하지 않은 마음으로도 마음껏 고양이를 귀여워하고 있었다는 사실에 마음 한구석으로는 정을 조금 얕잡아 보아도 좋겠다고 생각했고, 그러자 더 강렬한 유대감을 느꼈다. 계약이 종료되어도 관계가 지속되리라는 기대감마저 들었다. 영우가 고양이 카페에 들어가 임시 보호자를 구하는 게시물을 살피며 임시 보호 교육을 들어둔 건 그런 이유였다. 구실. 계약이 끝난 어느 날 정과의 소

소한 대화들이, 정이 입술을 부루퉁하게 내밀고 토로하
는 개인적인 불평들이 그리워질 때면 이런 메시지를 보
내볼 수도 있을 거였다. 임보 중인 고양이에요. 언제 한
번 보러 올래요?

3

계약 종료일을 삼 주 앞둔 전체 휴관일이었다.
영우는 집에서 점심을 먹다가 정의 당직일이라는 것을
기억했고(실은 잊은 적 없었고), 오후에 박물관에 들러 남
은 DB 작업을 시작했다. 정은 사무실에서, 영우는 자료
실에서 각자 근무하고 있었지만 텅 빈 박물관에 경비직
염을 제외하고 둘만 있다는 사실을 영우는 의식했고,
놀이기구를 타기 전의 즐겁기도 하고 무섭기도 한, 그
러나 피하고 싶지는 않은 설레는 긴장감을 느꼈다.

정작 정과는 화장실 세면대 앞에서 한 번 마주친
게 전부였지만 쉬는 날 박물관에 나온 영우를 보고는 놀
라고 반가워하던 표정, 영우 씨에겐 미안하지만 쉬는
날 일하러 나온 게 나만이 아니라니 괜히 기분 좋아지

는데요? 하며 먼저 인사를 건네주는 것으로 충분했다.

"저녁에 약속이 있나 봐요."

손을 씻다가 거울을 통해 매무새를 다듬는 정을 보며 영우가 물었다. 영우의 편안한 차림과는 달리 정은 평소보다 더 갖추어 입은 모양새였다.

"저녁에 시댁 모임이 있어서요. 너무 신경 쓴 거 티 나요? 예쁜 며느리 자랑하게 예쁘게 하고 나오라고 카톡까지 하셨지 뭐에요."

정이 웃으며 스카프를 다시 묶기에 영우가 예뻐요, 했더니 시어머님께 생일 선물로 받은 거라고 했다.

"안목 있으시네요, 잘 어울려요."

"그런가요? 네, 저도 마음에 들어요. 안목, 있으시죠."

정이 말하며 가볍게 눈을 찡긋했다. 영우가 대화를 이어가고 싶은 마음에 저는 안목이 없어서요, 하자 정이 거울을 통해 영우와 눈을 마주치고는 말했다.

"안목 있는 거요? 그거 쉬워요. 그냥 돈 있어서 좋은 거 많이 사 보고 돈 써본 경험만 쌓이면, 어지간하면 없던 안목도 생겨요, 본인은 애초에 타고난 취향이 고급이라고 하시지만."

정의 말은 안목 없는 영우를 탓하는 것도 무시하려는 의도도 아니었겠지만. 정이 화장실을 나간 후 영우는 오래 손을 씻으며 어쩐지 안목도 없고 고급 취향도 아닌 제가 함부로 정을 예쁘다고 칭찬한 것이 정의 마음을 불편하게 했을지도 모른다는 생각을 했다. 요즘에는 칭찬이건 험담이건 외모에 대해 함부로 언급하면 안 된다는데 왜 그런 실수를 한 걸까. 어쩌면 예쁘게 하고 나오라는 시어머니의 말대로 예쁘게 하고 나온 정을 예쁘다고 말한 게 문제였는지도 몰랐다. 아니 그보다는 자신을 낮추는 방식으로밖에 대화를 이어가지 못하는 영우가 못마땅해서 정이 저도 모르게 날카로운 본심을 드러냈던 건지도. 정은 기억도 하지 못할, 혹은 이미 잊었을 짧은 대화를 거듭 곱씹으며 영우는 거울 속의 자신의 목, 아무것도 두르지 않아 허전하고 추워 보이는 목 부근을 가만히 쳐다보았다. 그리고 하나로 묶었던 머리를 풀어 드러난 목덜미를 감싼 후 화장실을 빠져나왔다.

그 후로는 오후 내내 정과 마주칠 일은 없었다. 그러나 자료실에서 혼자 앉아 단순한 입력 작업을 하면서도 감정은 롤러코스터를 타듯 급격하게 오르락내리

락하며 어떤 기대감에 한순간에 치솟았다가 까무룩 가
라앉기를 반복했다. 오후에는 삼색 고양이가 후원의 석
조물 곁에서 햇볕을 받으며 웅크린 채 식빵을 굽고 있
는 모습을 보았다. 새끼는 어디에 두고 혼자 놀러 나온
걸까. 나중에 정에게 보여주려고 사진을 찍어두었다.

　　　오늘 해야 할 작업은 이미 끝냈지만(애초에 쉬는
날 나와서 할 정도의 긴급하고 과중한 업무란 없었지만) 영우는
정의 퇴근 시간을 기다렸다. 먼저 사무실에 들러 인사
를 하고 갈 수도 있었지만 그래도 좋을지 알 수 없었다.
정은 언제든 자료실의 문을 열고 들어와 영우의 공간과
혼자 있는 시간을 침범해도 좋았다. 아마 정은 그런 고
민조차 하지 않을 터였고 그런 고민조차 하지 않기를
영우도 바랐다. 그러나 제게도 그런 허락이 주어진 상
태인지 영우는 확신할 수 없었고 아마도 아닐 거라고
생각했다.

　　　그렇게 자료실에 앉아 정이 자료실 문을 열기
를, 먼저 퇴근하겠다는 인사를 건네거나 같이 나가자
고 청하기를 기다리는 동안, 어둠이 내린 박물관 후원
을 지나 주차장으로 향하는 정의 모습이 보였다. 영우
가 아직 자료실에 있다는 사실을 잊었거나, 알고 있지

만 인사하고 갈 생각을 안 했거나, 영우와 마찬가지로 방해가 될까 봐 배려하느라 그냥 조용히 퇴근한 걸 수도 있었다. 어느 쪽이건, 영우는 어쩐지 쓸쓸한 안도감이 들었다. 기대하고 긴장했던 것과는 달리 진짜로 즐겁거나 진짜로 무섭지는 않았던 놀이기구에서 막 안전벨트를 풀고 다소 어지러운 채로 안전하고 무료한 지상에 발을 디딘 기분이었다. 안전. 중요한 것은 언제나 안전이었다. 영우가 새로운 도전이나 다른 길을 알아보지 않고 징검다리 건너듯 이미 익숙해진 일들을 반복하면서도 어떤 곳에서도 지속성을 기대하게 되거나 관계가 깊어지지 않도록 주의하는 것도 그런 이유였다.

　　박물관 후문 쪽으로 걸어가며 영우는 주차장 쪽을 보았다. 정의 차가 막 주차장을 벗어나고 있었다. 어둠 속에서도 영우는 정의 차를 알아볼 수 있었다. 차에 대해서는 잘 모르고 관심도 없는데 어떻게 정의 차는 확연히 구분되는 걸까. 그 점이 영우에게도 신기했다. 영우 쪽에서는 차 안의 정의 모습은 보이지 않았다. 그러나 운전석의 정은 상향등 불빛에 드러난 영우를 알아볼 수 있을 터였다. 영우가 아는 척을 해야 할까, 가볍게 고개를 숙이거나 손을 들어 인사를 건네어 볼까 망설이

는데 정의 차가 무언가에 걸린 듯 두 번 덜컹, 하고 멈
칫하더니 곧바로 다시 전진했다. 그러고는 갑자기 급하
게 다시 후진을 해서 정차를 하더니 한동안 그대로 가
만히 있었다. 상향등이 꺼지고 잠시 후, 차 문을 열고 정
이 나왔다.

정은 영우를 한 번 보고는 뒤돌아서 아주 천천
히 차가 빠져나온 장소로 걸어가더니 털썩, 바닥에 주
저앉았다. 영우가 다가가보니 오후에 석조물 옆에서 햇
볕을 쬐고 있던 삼색 고양이가 타이어 바퀴에 짓눌린
채 주차장 바닥에 납작 엎드려 있었다. 숨은 이미 끊어
진 것처럼 보였다.

울음을 터뜨릴까? 조심스레 다가간 영우는 고
양이가 아니라 정을 주시했다. 그러나 정은 울지 않았
다. 조금 창백해진 것 같았지만 어둠 속에서 자세한 표
정을 살피는 것은 무리였다.

"잠시만, 잠시만 손전등을 비춰줄래요?"

정이 자신의 휴대폰을 꺼내 손전등을 켜고 영우
에게 건네주었다. 영우가 불빛을 정의 얼굴에 비추자
정이 눈이 부신 듯 눈을 찌푸리며 말했다.

"저 말고 고양이에게."

그제야 영우가 고양이에게 불빛을 비추자 불빛 아래 죽은 고양이의 참혹한 모습이 그대로 드러났다. 영우가 흡, 숨을 삼키며 고개를 돌렸다. 정이 갑자기 딸꾹질을 시작했다. 그러나 정은 딸꾹질을 하면서도 맨손으로(맨손으로!) 조심스레 고양이를 더듬더듬 만지며 확실히 죽었는지를 꼼꼼히 살피는 것 같았다. 똑바로 쳐다볼 수 없어 정확히 무엇을 하는지 영우는 알지 못했지만 정이 슬픔이나 충격에 빠져 죽은 고양이를 외면하는 대신 무신경해 보일 정도로 차분하게 살아날 가능성이 있는지 알아보고 있다는 것은 알 수 있었다. 그때 갑자기 정의 휴대폰이 울렸다. 발신인에 시어머니라고 저장된 이름이 떴다. 영우가 깜짝 놀라 정에게 휴대폰을 건네주자 정이 죽은 고양이를 만지던 손으로 받아들고는 잠시만요, 하더니 일어나 세워둔 차 쪽으로 걸어가며 전화를 받았다.

어둠 속에 죽은 고양이와 영우, 둘만이 남았다. 정은 시어머니와 어떤 대화를 나누고 있을까. 고양이를 치었다고 솔직하게 이야기할까. 고양이를 치어서 조금 늦을지도 모른다고 할까. 아니면 약속에 늦을까 봐 그

냥 모른 척하고 가려고 했는데 고양이를 치는 걸 목격
한 사람이 있어서 할 수 없이 차를 멈추었다고 할까, 아
니면 그럴 생각은 조금도 없었는데 누군가 자신을 모함
하고 있다고, 온전히 불운한 사고에 불과한 일을 마치
범죄 현장을 목격한 사람처럼, 자신을 고양이를 치어놓
고 뺑소니할 사람인 양 현장을 지키며 자신을 지켜보고
있다고 고발할까.

　　잠시 후, 전화를 끊은 정이 휴대폰을 들여다보
며 다가왔다. 그리고는 스카프를 풀어 죽은 고양이 위
에 덮어주더니 영우에게 말했다.

　　"폐기물 봉투를 사 올게요."

　　"폐기물 봉투요?"

　　"네. 길에서 죽은 고양이 처리법에 대해 알아보
니 폐기물 봉투에 버려야 한다네요."

　　이런 건 영우가 예상한 반응이 아니었다.

　　전화를 하는 정을 기다리는 동안 영우는 자신이
할 수 있는 일에 대해 생각해보았다. 처음에는 경비실
에서 저녁을 먹고 있을 염에게 도움을 청할까도 고려해
봤지만 이 사실이 알려지는 것을 정이 원치 않을 거라
는 생각이 들었다. 자신이 고양이를 치어 죽인 것을 아

무도 모르길 바랄지도 모른다고. 영우조차 그 자리에 없길 바랄지도 몰랐으나 이미 영우는 아무도에 속한 사람이 아니었고 이제 와서 돌이킬 방법은 없었다. 할 수 있는 건 정을 조용히 돕는 것뿐. 그러자면 역시 염에게는 부탁하지 않는 편이 나았다. 염에게 그런 어떤 권위, 잘못을 수습하고 정에게 도움을 줄 수 있는 권위를 건네고 싶지도 않았다. 그건 염을 정과 영우가 염을 위해 마련해둔 공동의 꺼림칙한 뜨내기의 자리에서 벗어나게 해줄 거였다. 그런 건 영우가 원하는 게 아니었다. 정을 돕는 것으로 획득할 수 있는 어떤 유리한 입장은 영우의 몫, 영우가 원하는 권위였다.

아마도 고양이를 묻어줘야겠지. 무릎을 꿇고 땅을 파야 한다면 그건 자신이 해야 할 일이라고 영우는 생각했다. 정이 아이보리색 니트 투피스를 입고 무릎을 꿇은 채 땅을 파는 모습은 상상할 수 없었다. 그러나 옷이 더럽혀지는 것도 개의치 않고 주저앉아 땅을 파는 영우의 곁에서 창백한 얼굴로 떨고 있을 정을 상상하기는 쉬웠다. 고양이를 묻어준다면 어디가 좋을까. 무덤을 지키며 죽은 이를 위해 심부름을 했다는 동자석 뒤나 삼색 고양이가 특별히 좋아했던 석조물 곁도 좋을 터였다. 그러고 나면, 정은 종종 그 앞에 서서 제가 죽인 고양이를 추모할 것이고 그때마다 영우는 정의 곁에 있어줄 거였다. 어떤 것도 정의 잘못은 아니며, 정도 역시 불행한 사고의 희생자일 뿐이고 악몽은 지나갔다고, 혹은 지나가지 않았더라도 정이 악몽을 꿀 때마다 그 악몽 속에서 같이 악몽을 꾸며 가위 눌림에서 깨어나도록 곁에 있어줄 한 사람이 자신임을, 정이 그 점을 확실히 인지하도록 영우는 곁을 지킬 생각이었다. 그리고 계약이 종료된 어느 날, 영우가 고양이를 보러 오라고 메시지를 보내면 정은 망설이다가도 이날을 떠올리며, 자신이 죽인 고양이를 위해 대신 땅을 파던 흙 묻은 영우의 손을 떠올리며 자신을 보러 올지도 모른다는 상상을 했다. 영우는 죽은 고양이 옆에서 그런 상상을 하는 자신이 끔찍했고, 그 끔찍함에서 멀어지기 위해 죽은 고양이를 똑바로 노려보았다. 이 고양이를 죽인 건 어쨌든 내가 아니지 않은가.

그러니 정의 반응은 영우의 예상을 한참 벗어난 것이었다.

고양이를 쓰레기 버리듯 그냥 폐기물 봉투에 담아 버리겠다니. 정말 그게 올바른 처리법일까? 영우는

그렇게 말하는 정을 보았다. 정의 얼굴은 너무나 침착
해 보였다. 그것이 충격에서 비롯된 침착함이라 해도,
그런 침착함은 영우가 생각해왔던 정의 모습과는 달랐
다. 울고 당황하며 차마 죽은 고양이를 똑바로 쳐다보
지 못하는 나약함으로 영우에게 손을 더럽히는 일을 대
신해달라고 부탁하고 의지해야 했다. 그런 모습을 상상
했다. 상상과는 다른 정의 침착한 모습 앞에서 영우는
일종의 배신감을 느꼈다. 고양이를 좋아한다던 건 다
거짓말이었나. 그렇지 않다면 어떻게 죽은 고양이 앞에
서 저토록 침착할 수 있나. 쓰레기를 치우듯 고양이를
폐기물 봉투에 담아 버리겠다고 말할 수 있는 걸까. 모
르는 고양이도 아니고 아는 고양이었다. 그게 정말 최
선이라 해도. 길가에 모아놓은 폐기물 봉투 중 어느 한
곳에는 길에서 죽은 고양이나 강아지, 새가 들어 있을
지도 모른다는 생각을 하니 갑자기 구토가 올라왔다.
그러나 정 앞에서 그런 역한 심정을 표현할 수는 없었
고, 영우가 죽은 길고양이 처리법을 검색하는 사이 정
은 잠시만 고양이와 함께 있어 달라고 부탁한 후 차를
타고 주차장을 벗어났다.

정은 돌아올까. 고양이를 덮은 스카프가 바람에 날아가지 않도록 작은 돌을 들어 스카프 한쪽을 누르고 다른 한쪽은 발로 밟고 서서 영우는 정을 기다렸다. 폐기물 봉투를 사러 어디까지 간 걸까. 가까운 편의점에 갔다면 이미 돌아올 시간이 지나 있었다. 그대로 모임에 가버린 건 아닌가. 시어머니의 전화를 받았을 때, 아무 일도 없었다는 듯이 밝고 명랑한 목소리로 늦지 않게 곧 가겠다는 말을 하고 전화를 끊었던 것은 아닌가.

그런데 정은 정말 그냥 가려 했을까. 차가 무언가에 걸려 덜컹, 하는 게 과속방지턱이거나 누군가 떨구고 간 인형이나 바닥의 균열 같은 것 때문이라고만 생각했을까. 차로 살아 있는 무언가를 치어본 적 없으니 운전자가 느끼는 감각이 어떤 건지, 타이어 아래 짓밟힌 게 살아 있는 생명이라는 게 감지되는 건지 영우는 알 수 없었다. 다만 그때에 차가 급정지하지는 않았다는 것, 영우가 볼 때는 분명히 덜컹하고 멈칫한 후에도 천천히 전진했다는 것에 대해서 곰곰이 생각했다. 그것은 그저 진행하던 방향으로 계속 진행하려는 관성 때문이었을 수도 있고 어떤 충격, 바닥에서 느껴지는 충격에 대한 당혹감 때문에 브레이크를 밟는 반응 속도가 늦어져서 생긴 잠깐의 망설임일 수도 있었다. 실은 이 모든 것이 영우의 지나친 상상,—정에 관한 한 영우 는 늘 지나치게 생각하고 지나치게 곱씹으며 보이는 것 이상으로 이면의 것을 알고자 했음으로—하나의 사실 에 대한 다중 해석에서 비롯된 왜곡일 수도 있었다. 그 런 식으로 자꾸만 굴절되고 변질된 마음으로 우정을 사 려 한다는 게 자신을 산 고양이가 아니라 죽은 고양이 가 있는 세계에 머물게 하는 건지도 모르겠다고 생각하 며 영우는 죽은 고양이를 덮은 스카프를 내려다보았다.

초록 올리브 잎을 문 앵무새와 화려한 열대의 꽃들이 그려진 스카프는 죽은 고양이에게 모든 것이 지 나쳤다. 좋은 안목과 취향을 보여준다고 생각했던 물건 은 어울리지 않는 곳에 놓이자 손쉽게 천박하고 우스운 조롱처럼 느껴졌다. 영우는 주저앉아 스카프의 끝을 잡 고 엄지와 검지로 살짝 문질러 보았다. 부드러운 감촉. 조금 전까지 정의 목을 감싸고 있다가 지금은 죽은 고 양이를 덮고 있는 스카프의 감촉이 너무 매끄럽고 부드 러워 영우는 알 수 없는 이유로,—아니 잘 들여다보면 뻔히 알 수밖에 없는 이유로—조금 모멸감을 느꼈다.

정이 돌아오지 않을지도 모른다는 생각을 영우

는 했다. 만약 정이 돌아오지 않는다면 나는 무엇을 해야 하나. 무엇을 할 수 있을까. 영우는 고양이와 단둘이 이렇게 오랜 시간을 있어본 적이 한 번도 없었다. 그런데 처음으로 고양이와 단둘이 보내는 게 산 고양이도 아니고 죽은 고양이와 함께라니. 내가 속할 수 있는 고양이가 있는 세계란 사실 죽은 고양이가 있는 세계뿐인 건 아닐까. 죽은 고양이 곁에서 얼마의 시간을 버텨야 고양이가 있는 세계에 속해도 좋다는 허락을 구할 수 있는 걸까. 영우가 그런 생각을 하는 동안 정의 차가 천천히 주차장으로 들어왔다.

왜 오래 걸렸는지는 묻지 않아도 알 수 있었다. 화장이 지워진 얼굴로 정이 묵직한 마트 가방을 들고 차에서 내렸다. 죽은 고양이 곁에서 주섬주섬 목장갑과 커다란 타월을 꺼내는 정을 위해 영우가 손전등을 비춰주었다. 불빛 아래 드러난 맨얼굴에 급하게 바른 듯한 붉은 입술만 둥둥 떠 보였다. 마트의 화장실에 들어가 혼자 우는 정, 찬물로 세수를 한 후 맨얼굴에 떨리는 손으로 입술만 다시 바르는 정을 떠올리자 영우는 상실감을 느꼈다. 정은 내게 기대어 올 수도 있었다. 그러나 그

러지 않는 편을 선택했다. 상상과는 다른. 정이 자신이
상상한 것보다 더 단단하고 확고하게 고양이가 있는 세
계에 속한 사람일지도 모른다는 생각이 영우를 서글프
게 했다. 지금이라도 정이 이 모든 뒤처리를 영우에게
넘기고 떠난다면, 그래준다면 차라리 영우는 정을 지금
까지처럼 더 마음껏 애틋해할 수 있을 터였다.

"고양이가."

고개를 숙이고 있어서 정의 표정은 알 수 없었다.

"죽은 삼색이가 죽은 새를 물고 가는 걸 본 적 있
어요."

고양이 앞에 무릎을 꿇고 앉아 목장갑을 끼던
정이 고개를 들어 영우를 보았다. 불빛에 비친 붉은 입
술이 죽은 새를 물고 가던 삼색이와 닮았다고 생각했
다. 자신이 왜 이런 이야기를 꺼냈는지 알 수 없었다. 그
러니까 너무 죄의식을 느끼지 말라는 말을 하고 싶었던
걸까? 고양이는 완전히 무해하거나 마냥 귀여운 존재
가 아니며, 다만 자신의 본능에 따라 다른 생명을 죽이
기도 하는 동물이니까, 그러니 이 죽음에 대해서 진심
으로 애도하지 않아도 좋다고? 어떤 죽음도 어떤 생명
도 진심을 다해 애도할 가치는 없으며 있다고 해도 쉽

게 훼손되는 가치이고 진심일 뿐이니 그깟 고양이에게
그렇게 진심 어린 애도를 내어주지 말라고?

"고양이는 새를 죽여요."

죽은 고양이를 덮은 스카프를 치우고 보송한 타
월을 덮어 감싸주며 정이 말했다.

"고양이가 나빠서가 아니라, 나쁜 고양이라서가
아니라, 그냥 고양이니까 할 수 있는 일을 사람의 관점
으로 판단하는 건 공평하지 못한 일이에요."

정의 말에 영우는 손전등을 끄고 그대로 돌아서
그곳을 떠나고 싶었다. 그러나 그러면 지는 거라고, 정
이 아니라 고양이, 죽은 고양이의 세계에서조차 완전히
추방당하는 거라는 생각이 영우를 달아나지 못하게 붙
잡았다.

자료실 창문 밖에 떨어져 있는 죽은 새를 본 건
며칠 전이었다. 창문을 닫으려다가 영우는 그것을 보
았는데 잠시 망설이다가 못 본 척하고 말았다. 누군가
에게 죽은 새를 치워달라고 부탁하기도 난감했지만 자
신이 처리하기는 더욱 꺼림직했다. 아무라도 죽은 새를
발견해서 영우 대신 그 뒤처리를 해주길 바랐다. 그러
나 잠시 후 다시 창가로 다가가 확인해보니 죽은 새는

여전히 그 자리에 있었다. 그때였다. 후원 구석에서 갑자기 삼색 고양이가 나타나더니 죽은 새를 물고는 재빨리 사라졌다. 영우가 본 건 그게 전부였다. 새의 죽음에도 삼색이가 관여했는지는 알지 못했다. 그럼에도.

이전에는 알지 못했던 사실을 죽은 고양이는 영우에게 일깨워주었다. 자신은 불행하게 로드킬 당한 죽은 고양이 앞에서 죽은 새의 이야기를 하는 종류의 사람이라는 것이었다. 그것도 어떤 모함의 의지를 담아. 그러니 영우는 애초에 공평하지 못한 세계에 속한 사람이었다. 공평한 고양이가 있는 세계에 자유로운 출입이 허락되지 않는 것은, 그러므로 공평한 일이었다. 공평한 세계는 그런 식으로 유지될 것이다. 영우 같은 사람을 출입 금지시키는 것으로. 그것이 영우가 느끼는 공평함의 정당성이었다.

정이 폭신한 타월에 감싼 죽은 고양이를 조심스레 폐기물 봉투에 담고는 여러 번 꼭꼭 묶었다. 죽은 고양이가 든 폐기물 봉투를 한쪽에 눕혀놓은 후에는 마트에서 사온 것들을 모두 바닥에 쏟고 바닥에 남은 잔해를 치우기 시작했다. 영우는 죽은 고양이의 흔적 위에 얼룩제거제를 뿌리고 수세미로 문지르는 정을, 생수를 뿌린 후 젖은 걸레와 마른 걸레로 남은 얼룩을 꼼꼼히 닦아내는 정을, 어떤 기묘한 열정과 몰입으로 마치 오래 준비해온 의식이거나 언젠가 해본 적 있는 사람처럼 차분하게 순서대로 처리하는 모습을 자못 경이롭게 지켜보았다. 중간에 한 번 영우가 도와주려 손을 뻗었지만 정에게 제지당했다. 영우에게는 죽은 고양이를 정과 함께 치우는 것도 쉽게 허락되는 일이 아니었다. 그 후로는 손전등만 비춰주며 엎드려 바닥을 문지르는 정의 뒷목덜미와 아무렇게나 하나로 묶은 머리카락이 흔들리는 것을 멍하니 바라보았다. 정의 아이보리색 스커트의 앞자락은 이미 죽은 고양이가 흘린 피와 짓눌린 털 그리고 흙이 묻어 엉망이 되어 있었다. 그것이 정이 자신의 간절함을 증명하는 방식이었다. 간절함은 외부의 어떤 허락도 필요치 않았고 다만 자신이 자신에게만 허락할 수 있는 것이라는 것을 영우는 알게 되었다. 고양이가 있는 세계에 속할 수 있는 사람과 아닌 사람은 이런 식으로 구분되는 법이었다. 영우가 생각할 때 정은 확실하게 고양이가 있는 세계에 속한 사람이었다. 자신은 아니었다. 그것이 심지어 죽은 고양이라 하더라도.

　수습이 끝난 후 정은 함께 있어준 영우에게 깊

숙이 고개 숙여 감사 인사를 했는데, 지나치게 공손하
고 예의 바른 태도여서 그것으로 영우는 정과 자신 사
이에 존재했을지도 모르는, 존재하게 만들 수도 있다고
생각한 어떤 우정 같은 것이 그때에 이미 완전히 끊어
졌다는 것을 알게 되었다.

　　정은 더 늦기 전에 모임에 가야 한다며 차에 올
라탔다. 죽은 고양이가 담긴 폐기물 봉투를 두 손으로
안아들고는 운전석 옆자리에 조심스레 올려놓은 후였
다. 당연히 그런 꼴을 하고서, 죽은 고양이를 데리고는
모임에 가지 못할 거라고 생각했는데 정에게 그것은 조
금도, 계획된 일상을 바꿔야 하는 위협이나 돌연한 사
고가 아닌 모양이었다. 죽은 고양이와 함께 떠나는 정
을 보며 영우는 어쩐지 자신이 아주 오래 정을 좋아하
는 마음을, 고양이가 있는 세계를 동경하듯 오늘의 정
을 계속 그리워하는 마음을 품으리라 생각했고 그 마음
이 벌써 애달파졌다.

4

고양이가 죽고, 그다음 주 내내 정과 이야기를 나눌 기회를 찾았지만 이상하게 마주칠 기회가 없었다. 한번은 삼색이의 새끼 고양이, 확실하지는 않지만 삼색이와 닮고 삼색이와 함께 다녀서 박물관의 직원들 모두 삼색이의 새끼라고 추정했던 새끼 고양이가 후원에 웅크리고 있는 것을 보았다. 삼색이 없이도 잘 살고 있는 새끼 고양이를 보면 정이 안심할지도 모른다고 생각했고 그래서 동영상으로 찍어두었지만 보여줄 기회는 없었다. 박물관 공식 행사에 출장까지 많아서인지 정은 그 어느 때보다 바쁜 것 같았다. 어쩌다 마주칠 때도 늘 주무관 한이나 다른 직원들과 함께 있어서 사적인 말을 걸기가 힘들었다. 의도적으로 피한다고 생각하고 싶지는 않았지만 영우는 자꾸만 그런 생각이 들었다. 그 악몽 속에서 계속 같이 있어준 것이 영우였음에도 불구하고. 비록 정 스스로 죽은 고양이를 치우고 뒷수습을 했다고는 하지만 정이 자리를 비운 동안 계속 죽은 고양이를 지켜준 것도, 불빛을 비춰주고 함께해준 것도, 그 추위를 견디며 그 바람과 어둠 속에서 함께 있어준 것

역시 영우였는데도.

영우가 야근을 하는 정과 화장실 세면대 앞에서 마주치게 된 것은 열흘쯤 지났을 무렵이었다. 가볍게 인사를 건네고는 돌아서서 벽을 보며 양치를 하는 정의 뒷모습을 영우는 손을 씻으며 거울을 통해 보았다. 이윽고 정이 세면대로 와서 양칫물을 뱉어내는 것을 보며 영우가 조심스레 말을 꺼냈다.

"괜찮아요?"

정에게는 아무런 대답도 돌아오지 않았다. 영우는 어쩐지 정이 괘씸하다는 생각이 들었고 이런 식으로 자신을 대하는 건 부당하다고 느꼈다. 자신이 대단한 무언가를, 감사를 표하기를 바라는 게 아니었다. 하지만 그날에 대해, 분명히 영우는 자신이 어떤 말이든 들을 자격이 있다고 생각했다. 그것이 감사 인사가 아니더라도, 잊히지 않는 고통이나 지나가지 않는 슬픔, 깨지 않는 악몽에 대한 이야기라면 더 좋을 거였다. 만약 정이 먼저 말을 꺼내기 힘들다면 자신이 먼저 말을 꺼내볼 수도 있었다.

"로드킬 당하는 고양이가."

고개를 숙인 채 입을 헹구고 있어서 정의 표정

은 알 수 없었다.

"수도권에서만 하루에도 오십 마리가 넘는대
요."

정이 고개를 들었다. 거울을 통해 정과 영우의
눈이 마주쳤다. 저런 눈빛을 언젠가 본 적이 있다는 걸
기억했다. 죽은 고양이가 죽은 새를 물고 가는 이야기
를 했을 때였다.

사실 정을 만나면 영우가 하고 싶었던 이야기
는 이런 게 아니었다. 그날 정이 스카프를 두고 갔다는
것, 그것을 챙겨둔 게 자신이라는 것, 손빨래를 하거나
세탁기에 마구 돌리면 안 될 것 같아서 드라이클리닝을
맡겼는데 혹시라도 그것이 나쁜 기억을 상기시킬까 봐
돌려주어도 될지 망설이고 있다는 이야기 같은 것을 할
생각이었다. 만약 더 길게 말할 기회가 있다면 며칠 전
에 길을 가다가 벽에 기대어 있는 작은 흰 뭉치를 보고
흰 강아지로 착각했는데 다가가서 보니 흰 폐기물 봉투
였다는 것, 그 후로는 길에서 폐기물 봉투가 전봇대 같
은 곳에 덩그러니 기대어 있는 것을 보면 그 안에 죽은
고양이나 죽은 강아지가 있을지도 모른다는 생각에 잠
시 걸음을 멈추고 어딘가의 길에서 죽은 고양이와 강아

지에 대해 오래 생각하게 된다는 이야기 같은 것을, 그런 이야기들을 정과 나누고 싶었다. 이제 길에서 고양이를 보거나 폐기물 봉투만 보아도 정에게 하고 싶은 말들이 마음속에 수없이 떠오른다는 그런 이야기를.

그러나 그런 말 대신 영우는 얼마나 많은 고양이들이 길에서 방심한 운전자들에 의해 사고를 당하는지 이야기했고, 영우의 말이 끝나자 정이 무언가 할 말이 있는 표정으로 영우를 보았다. 그러나 정이 입을 열기 전에 아무도 없는 줄 알았던 개별 화장실의 문이 열리더니 주무관 한이 나왔다. 한이 손을 씻으며 영우를 보지 않은 채 말했다.

"죽은 고양이 이야기 말이에요, 우리 학예사님한텐 힘든 기억일 텐데 그 이야기는 굳이 안 꺼내는 게 좋지 않겠어요?"

그리고 나서 한이 정의 팔짱을 꼈고, 두 사람은 속닥거리며 화장실을 빠져나갔다. 정과 고양이 사이에 일어난 일을 아는 건 이제 영우만이 아니었다. 한 주무관님 말인데요, 언젠가 정이 영우에게 투덜대며 했던 말들과 왜요, 알고 보면 한 주무관님도 좋은 분이에요, 친하게 지내보세요, 했더니 아닌 거 같은데요? 영우 씨

계속 근무하면 안 되나. 영우 씨 없으면 나 혼자 어떡해, 정이 웃으며 했던 말들이 두서없이 떠올랐다가 다시 가라앉았다.

그리고 그날 오후에, 영우는 정에게서 처음으로—아마도 마지막이 될—메시지를 받았다. 그날은 감사했습니다, 라고 적힌 카드와 함께 온 건 오만 원 상당의 베이커리 기프티콘이었다.

자신에게 허락된 기간, 그런 게 실제로 존재했다면 허락되었던 우정의 기간은 그것으로 완전히 종료되었다는 것을 영우는 깨달았다. 오만 원의 기프티콘으로 교환된 감사에 대해 영우는 담담하게 웃을 수 있었다. 이런 일은 이전에도 있었고 이후에도 얼마든지 있을 수 있는 일이었으므로. 기간의 정함이 있는 다정. 세상에는 그렇게만 존재하는 다정들도 있었고, 그 단기적이고 임시로만 가능한 다정이 아니라면 애초에 다정이란 단어를 제 곁에 놓아둘 수 없는 사람들도 있는 법이었다. 마침 일주일 후가 요양병원에서 숙식하며 요양보호사로 일하는 엄마의 생신이어서 영우는 그것으로 케이크를 사들고 엄마를 만나러 갔다. 왜 이렇게 비싼 걸 사왔어, 라고 엄마가 타박을 해서 친구가 엄마 드리라

고 선물로 줬어요, 했더니 좋은 친구네, 라고 해서 영우
는 네, 좋은 친구예요, 했다. 돌아오는 고속버스 안에서,
영우는 좋은 친구와 자신이 친구가 될 수 없는 어떤 세
계의 공평함에 대해 반복해서 생각했고 그러자 졸면서
도 자꾸 웃음이 새어 나왔다. 공평함이나 부당함이란
단어에 대해서, 정은 영우가 하루에 떠올리는 절반의
절반도, 어쩌면 생을 통틀어 영우가 하루에 생각하는
만큼의 절반도 생각하지 않으리란 생각이 들었고, 그것
이 공평함이며 자신이 속하지 않은 세계 안에서는 그
런 식으로 공평함의 질서가 유지된다고 생각하자 그것
으로—굳건한 성벽 밖에서 무너지지 않는 성벽을 보는
것으로—일종의 안전함을 느꼈다.

5

계약은 연장되지 않았다. 박물관에서 근무하는
마지막 날, 영우는 망설이다가 정에게 주려고 샀으나
주지 못한 책, 제목에 고양이가 들어가서 산 책 한 권
과 잘 다려 새것처럼 포장한 정의 스카프를 들고 출근

했다. 그러나 점심시간이 지나도록 정과 마주치지 못했고, 주차장에 가보았으나 정의 차도 보이지 않았다. 오후에 사무실에 들러 직원들과 마지막 인사를 할 때에도 정은 보이지 않았다. 정의 책상 위에 놓인, 일주일은 넘게 그 자리에 방치되어 있었던 것 같은 비타민 음료와 박카스 두 병을 보며 영우가 머뭇거리자 계약직 관리를 담당하던 김 주무관이 물었다.

　"뭐, 더 볼일 있어요?"

　"아니, 학예사님이 안 보이시네요. 인사 드리고 가려는데."

　"아, 오늘 연차 냈는데. 제가 대신 인사 전해줄게요. 뭐 특별히 볼일 있는 건 아니죠?"

　특별한 볼일 같은 건 없었지만. 둘이 친했나? 모르지 뭐. 그런 말들이 뒤에서 들려왔다. 우리는 친했나. 영우의 대답도 같았다. 모르지 뭐. 그래도 오늘 쉬는 날인 걸 알았다면 어제 복도에서 마주쳤을 때 마지막 인사를 할 수도 있었을 것이다. 정이 먼저, 혹은 영우가 먼저. 정은 몰랐을까? 영우가 오늘이 마지막 근무라는 걸 몰랐거나 알았어도 마지막 인사를 나눌 생각도 못 했을 거라고 생각하니 영우는 차라리 잘 되었다는 생각이 들었다. 마지막 인사조차 나눌 사이도 아니었다는 것. 이 것으로 정과는 진짜로 완전히 끝낼 수 있을 거였다. 그러나 이것으로 완전히 끝낼 수 있게 되었다니, 완전히 끝난 건 이미 이전에도 여러 번 있지 않았었나? 삼색 고양이가 죽은 날에도, 기프티콘을 받은 날에도, 나는 이 것으로 완전히 끝났다고 하지 않았었나. 도대체 아직도 끝내지 못한 무엇이 남아서, 나는 왜 이번에야말로 진짜로 끝났다고 종료를 번복하고 반복하기를 거듭하는 걸까. 작별 인사가 여러 번 필요할 만큼 끝내고 싶지 않은 무언가를 위해서 영우는 더 완벽한 시그널을 기다렸지만 그런 완벽한 시그널이란 외부에서 오는 것이 아니었다. 알고 있었다. 이런 경험이 처음도 아니었다. 제대로 시작한 적 없어서 끝낼 수도 없는 것, 영우의 진짜 삶은 늘 그 사이에 존재했다.

　　가져간 스카프를 돌려주려고 양해를 구하고 정의 서랍을 열었다가 영우는 자신이 준 선물들이 포장된 채 그대로 놓여 있는 것을 보았다. 그 옆에 스카프만 두고 돌아서며 영우는 정과의 대화를 떠올렸다. 계약이 연장될 수도 있다는데요? 언젠가 좋은 소식이 있다며 정이 전해준 말들, 내가 힘 좀 써볼까요? 해서 그래주시

면 저야 좋죠, 웃으며 했던 말들, 그런 말들을 원망하거
나 덧없다 생각하지는 않았다. 그 순간에 영우는 그 말
의 덧없음을 아는 만큼 설렜고 아는 만큼 기뻤다. 그때
의 설렘을 설렘으로 간직하고 기쁨을 기쁨으로 기억하
는 게 영우가 할 수 있는 그 시절 자신을 위한 최선의
공정함이었다.

　　마지막으로 경비실의 염에게 인사를 하고 박물
관을 나오려는데 염이 작별 선물이라며 서둘러 검은 봉
지 하나를 건네주었다. 따뜻할 때 먹으라고 해서 열어
보니 붕어빵 두 개가 든 종이봉투와 홍삼 음료였는데,
식지 않도록 뜨거운 핫 팩 두 개가 노란 고무줄로 함께
묶여 있었다.

6

　　지난달부터 영우가 테루를 임시 보호하게 된 건
예정했던 일은 아니었다. 계약이 종료되기 전에, 그러
니까 정과 죽은 고양이의 날을 같이 겪기 전에 임시 보
호자를 찾는 게시물을 보고 한참을 망설이다가 신청을

한 적이 있긴 했다. 그때에 고양이는 정과 고양이가 있는 세계에 머물 구실에 불과했다. 혹시나 되면 어쩌나 하는 마음으로 신청했는데 다행히 테루는 다른 임시 보호자가 맡게 되었다. 임시 보호할 수 있는 자격조차 아무나 가질 수 있는 게 아니라는 걸 확인하자 서운하기보다 안도감이 들었다. 내가 돕지 않는 게 아니라 내게는 도울 자격이 허락되지 않는다는 증명이 영우를 안전한 외부자들 안에 머물게 했다. 그런데 박물관을 그만두고 한 달쯤 지났을 때, 테루의 임시 보호자가 갑자기 사고를 당해 테루를 돌보지 못하게 되면서 전에 신청했던 영우에게 기회가 돌아온 것이었다.

처음에는 당연히 거절할 생각이었다. 구실은 이미 사라진 후였다. 아무런 구실 없이 고양이를 돌볼 애정이나 책임감, 어떤 것도 영우는 가지고 있지 않았다. 그러나 임시 보호를 거절하기 위해 접속한 고양이 카페에서 영우는 한 게시물을 보게 되었다. 임시 보호자에게는 입양 가족을 적극적으로 찾을 의무뿐 아니라 입양 가족을 선택할 권리가 주어지기도 한다는 것이었다. 그것이 영우가 테루의 임시 보호자가 된 이유였다. 고양이가 있는 세계의 출입을 허가할 권리가 자신에게 주어진다는 사실, 그것이 임시로 고양이를 돌보는 것으로 얻을 수 있는 권한이라면 거기에는 얼마든지 헌신할 가치가 있었다.

어떤 이들은 고양이를 입양하기 위해 자신의 신분증 사본과 재직증명서, 거주하는 집의 등본과 구체적인 연봉, 자산 여부와 연애 사정, 청소나 식사, 외출 주기 등의 생활 패턴부터 결혼과 출산과 관련한 인생 계획까지 임시 보호자에게—단지 입양자보다 먼저 몇 개월 돌봐주었다는 이유로—공개하고 입양해도 좋은지 허락을 구하고 선택을 기다리는 입장이 된다고 했다. 과연, 영우가 생각했던 대로 고양이가 있는 세계의 출입은 결코 아무에게나 허용되는 것이 아니었다. 처음에는 그렇게까지 해서 고양이를 입양하려는 사람들이 있다는 것에 놀랐지만 자신이 가지게 된 일시적이지만 놀라운 권위에 곧 익숙해졌다. 그렇게 해서 테루를 두 달간 돌보며 안 하던 인스타그램 계정까지 새로 만들어 활발히 입양 가족을 구한 끝에 입양자로 결정된 사람이 주경이었다.

주경은 오래 전 영우가 잠시 계약직으로 근무했던 식품회사에서 중간관리자급으로 근속 중이었다. 그때에 주경과 한두 번 마주치며 들었던 어떤 말은 지금도 영우의 기억에 남아 있었다. 사실 앞서 입양 의사를 밝힌 두 가족에 비하면 주경은 주거 환경이나 경제력, 모든 것이 다소 부족했다. 직장이 안정적이라는 것 외에는 혼자서 작은 원룸에 거주하며 함께 돌봐줄 가족이 없다는 점에서 영우와도 그리 다르지 않았다. 그럼에도 불구하고 주경은 테루를 입양해도 좋다고 자신을 허락했다. 영우가 주경을 선택한 건 그런 이유였다. 주경은 영우와 별반 다르지 않은 조건을 가지고도 스스로에게 테루의 반려 집사가 되는 것을 허락할 수 있는 사람이라는 것.

　　나와 그리 다르지 않은. 핵심은 그것이었다. 아주 작은 차이가 만드는 고양이가 있는 세계의 안과 밖에 대해서, 애초에 확연히 다른 사람에게는 느끼지 못할 어떤 패배감과 의혹이 영우에게 주경을 선택하게 했다. 주경도 테루에게 가장 좋은 환경을 제공하기에 자신의 조건이 충분하지 않다는 걸 알고 있었다. 그 불안한 동거 조건이 임시 보호자인 영우에게 테루를 입양보낸 후에도 보다 많은 책임과 통제의 권위를 부여했다. 또한 그것이 입양 후 한 달간은 최소 일주일에 세

번 이상, 두 달째부터는 일주일에 한 번 이상 테루의 소식을 영우에게 개인적으로 알려주는 요구 조건을 주경이 기꺼이 수용한 이유였을 것이다.

한동안은 아무 문제가 없었다. 그러나 두 달째가 되자 주경의 태도가 바뀌었다. 테루를 위한 인스타그램 계정을 새로 만들었으니 테루의 소식은 이제 공개된 계정을 통해서 확인해주길 바란다는 내용이었다. 처음에는 테루의 계정에 하루에도 서너 장의 사진이 올라오기도 했으니까 거절할 명분이 없었다. 문제는 영우가 확인하고자 했던 게 테루의 근황만은 아니었다는 점이었다. 테루의 임시 보호자로서 얻은 권위를 통해 주경과 테루의 생활을 어떤 식으로든 통제하려는 의도가 있었기에 영우는 누구에게나 공개된 계정을 통한 근황 확인으로는 통제에 대한 욕구를 충족할 수 없었다. 그리고 잠시라도 자신이 가졌다고 믿었던 테루와 주경의 생활에 대한 지배력을 잃었다고 생각하는 순간, 영우는 자신에 대한 통제력도 잃어가는 것을 느꼈다.

그리고 그 무렵, 영우는 주경과 있었던 한 가지 기억을 반복해서 떠올렸다. 영우가 나름의 방식대로, 주경이 처음 가르쳐준 순서와는 다르지만 일을 하며 파악한 영우만의 효율적인 방식으로 일을 처리하자 주경은 이렇게 말했다. 하라면 좀(한숨), 하라는 대로만 하세요(지친다 정말). 그 순간 영우는 그 단순한 업무도 파악하지 못하는 매우 답답하고 불성실한 직원이 된 기분이었다. 다만 더 나은 방식을 고민하고 적용시킨 것뿐인데, 라고는 대꾸하지 못했다. 나중에는 개인의 효율보다 조직의 효율을 고려한다면 주경의 방식이 옳았다는 것, 개인에게는 덜 효율적이라도 모두가 같은 순서대로 일을 처리하는 방식이 더 옳을 수 있다는 걸 인정하게 되었는데, 오히려 그렇기 때문에 한번 떠오른 주경의 목소리는 영우를 떠나지 않았다. 하라면 좀(깊은 한숨), 하라는 대로만 하세요(왜 저래 정말).

이제 영우는 그 말을 주경에게 돌려주고 싶었다. 충실히 보고하기로 하지 않았던가. 테루를 잘 돌보고 있는지, 일주일에 한 번씩 내게 소식을 전하기로 하지 않았던가. 왜 내게 했던 약속을 지키지 않는 거지. 이제 테루의 보호자는 자신이며, 나는 단순히 임시 보호자에 지나지 않았다고, 나와 한 약속 따위는 무시해도 된다고 생각하는 걸까. 아니 그러니까, 하라면 좀, 하라는 대로 하면 안 되나. 왜 내게는 그렇게 하지 않는 건가, 도대체 왜. 왜 다들 내게만 하라면 좀 하라는 대로 하라고. 다들 그렇게.

7

면접을 보고 돌아오는 지하철 안에서 영우는 주경과의 대화창을 확인했다. 어젯밤에 보낸 메시지를 아직도 확인하지 않고 있었다. 의도적으로 무시한다는 생각에 화가 났다가 슬슬 걱정이 되기 시작했다. 테루의 계정에 새로운 사진이 올라오지 않은 지 나흘째였다. 최소한 이틀에 한 번, 아무리 늦어도 사흘에 한 번은 테루의 새로운 사진이나 영상이 올라오던 계정이 나흘째 멈춘 거였다. 테루의 계정은 영우뿐 아니라 테루를 온라인으로 키우는 랜선 집사들이 여러 명 팔로우하고 있었다. 영우는 자신의 계정으로 보낸 DM을 주경이 계속 확인하지 않는 것을 보고 새로운 계정을 만들어 테루의 게시물에 댓글을 남기기도 했다.

　　―테루는 잘 지내고 있나요? 테루의 새 사진이 보고 싶어요.

이전에는 친절하게 달리던 답글도 달리지 않았다. 계정에 접속하긴 하는지, 댓글을 확인하긴 하는지도 알 수 없었다.

테루에게 정말 무슨 일이 생긴 거라면? 아니면 주경에게? 애초에 주경에게 테루를 맡긴 것이 잘못된 선택이었는지도 몰랐다. 영우는 자신이 언제나 잘못된 선택을 한다는 것을 떠올렸다. 진짜 원하는 것을 선택했다가 거절당하거나 실망하기 두려워 늘 덜 원하는 것을 선택해왔다. 좋은 것을 선택하지 않는 것이 좋은 것을 좋은 채 간직하는 유일한 길이라 믿었다. 좋은 것은 제 것이 되는 순간 좋지 않은 것이 될 터였다. 그런 식으로 선택해서 얻은 것은 진짜 원하던 것이 아니었기에 얻은 후에도 마음껏 좋아지지 않았다. 그러니 영우가 진짜 선택한 건 늘 후회하는 삶일 뿐인지도 몰랐다.

혹시 주경이 테루를 잃어버린 건 아닐까. 그럴 수도 있었다. 비록 두 달 정도였지만 테루를 돌보는 동안 자신이 끊임없는 불안감에 시달렸던 것을 영우는 떠올렸다. 대부분 집에서 함께 머물렀지만 잠시 면접을 위해 외출하거나 마트라도 다녀올 때면 테루가 자신을 떠났을지 모른다는 생각에, 집에 돌아와 테루가 있는 것을 확인하기 전까지 두려움에 떨었다. 영우의 상상 속에서, 근황을 알 수 없는 테루는 결코 따뜻하고 평온한 요람 위에 있지 않았다. 어둡고 추운 거리를 헤매며 굶주리거나 다친 모습이었다. 차라리 그렇다면 주경과 함께 테루를 찾아다닐 수도 있었다. 테루를 찾기 위해 주경의 집 동네를 밤새 헤맬 수도 있었다.

그러나 영우가 진짜 참을 수 없는 것은 이런 것이었다. 테루는 안전한 곳에서 잘 지내고 있으며 단지 주경이 영우로부터 테루를 보호하기 위해 테루를 숨기고 있는 건지도 모른다는 생각. 임시 보호자였던 영우에게는 더 이상 테루에게 과도한 집착과 애정을 쏟을 자격이 없으며, 영우를 차단하는 것이 테루를 안전하게 지키는 방식이라고 주경이 믿게 되었는지도 모른다는 생각. 어쩌면 그것이 그리 틀린 믿음도 아니리라는 것이 영우를 더 참을 수 없게 만들었다.

영우는 다시 주경에게 메시지를 보내기 위해 메신저를 열었다. 그러다가 정의 프로필 사진이 바뀐 것을 발견했다. 클릭해보니 집에서 고양이와 함께 찍은 정의 모습이었다. 레이디 버드. 영우는 그 고양이를 알고 있었다. 그냥 닮은 고양이일 수도 있지만 저 귀의 얼룩은 흔한 게 아니었다. 아무리 보아도 죽은 삼색이를 닮은 그 고양이는, 삼색이가 데리고 다니던 새끼 고양이가 분명해 보였다.

언젠가 삼색이와 새끼가 함께 박물관의 후원에 놀러온 것을 보고 정이 물은 적 있었다. 우리 삼색이 애기한테도 이름 지어줄까요? 영우 씨는 어떤 이름이 좋아요? 그때 영우가 말한 이름이 레이디 버드였다. 그레타 거윅 감독의 영화 〈레이디 버드〉에서 딴 거였는데, 어쩐지 삼색이의 새끼를 보면 그 영화의 주인공, 스스로를 레이디 버드라 이름 붙인 시얼샤 로넌이 떠올랐다. 이언 매큐언 원작의 영화 〈속죄〉에서 브라이오니를 연기했던 여자아이가 자라서 레이디 버드가 되었다고 생각하면 어쩐지 영우는 가슴이 뻐근해지곤 했다. 죽은 고양이를 품에 안아 살피던 정을 보았을 때도 영우는 그와 비슷한 감정을 느꼈다.

정은 이 아이에게 어떤 이름을 지어주었을까. 레이디 버드는 아닐 것이다. 하지만 마치 자신이 키우던 레이디 버드를 정에게 빼앗긴 것처럼, 영우는 상실감을 느끼며 사진을 확대해서 보고 또 보았다. 고양이가 물어뜯고 있는 건 아무리 보아도 그때 죽은 고양이를 덮고 있던, 한때 영우가 간직하고 있다가 돌려준 정의 스카프 같았다. 드디어 허락했나요. 영우는 묻고 싶었다. 남편이 아니라 당신이, 당신이 스스로에게 고양이를 허락했나요. 정에게 이런 메시지를 보낼 수도 있을 거였다. 그러나 보내지 않으리라는 걸 영우는 알고 있었다. 그것은 영우에게 허락된 것이 아니었으므로. 영우에게 허락되지 않는 게 고양이만은 아니었다.

　　모두가 고양이를 허락했다. 영우만 제외한 모두가. 영우는 다시 한번 주경과의 대화창을 열어보았다. 주경은 여전히 영우의 메시지를 확인하지 않고 있었고, 테루의 계정도 그대로 멈춘 채였다. 영우는 테루를 입양시킬 때 받아둔 주경의 집 주소를 확인했다. 영우의 집과는 반대 방향이었고, 그곳에 가려면 다음 환승역에서 내려 갈아타야 했다. 입양해간 고양이 사진을 나흘째 올리지 않는다고 해서 집까지 찾아가겠다는 생각을 하다니. 영우는 자신이 지나치다는 걸 알고 있었다. 그러나 그렇기 때문에, 더 지나치게 굴고 싶었다. 자신이 한때 보호했던 고양이에 대해서도 지나칠 수 없다면, 세상에 영우가 지나치게 굴 수 있는 건 아무것도 없었다. 확실한 건 지금 당장 테루를 봐야겠다는 생각뿐

이었다. 테루가 안전한 곳에서 안전하게 그 위대한 귀
여움을 마음껏 뽐내고 있는지 확인해야 한다는 생각뿐
이었다.

　　　영우는 환승역에서 내려 주경의 집으로 가는 노
선의 지하철로 갈아탔다. 그리고 지하철 안에서 주경에
게 메시지를 보내기 시작했다. 앞서 보낸 메시지도 읽
지 않아 1이 남아 있는 상태였고 자신의 집착이 주경을
무섭게 하리란 것을 알았지만 멈출 수가 없었다.

　　　─테루 사진 좀 보여주세요.

　　　─벌써 나흘째 업로드가 없네요. 테루에게 무슨
일이 생긴 건 아닌가요?

　　　─왜 약속을 지키지 않죠? 약속했잖아요. 테루
를 잘 돌본다고, 제게 약속했잖아요.

　　　─테루가 잘 있는 게 확실한가요?

　　　─제발 테루가 잘 있는지만 확인하게 해주세요.

　　　─테루는 무사한 거죠? 제발 확인해주세요. 왜
메시지를 읽지 않나요. 왜 답이 없는 거죠?

　　　─내 말이 말 같지 않나요? 왜 읽지 않죠? 왜 답
이 없는 거죠?

　　　─지금 가고 있어요. 테루가 안전한지만 확인할

게요.

    —테루는, 무사한가요?

    —무사한가요?

    —모두 무사한가요?

    —모두 무사한 게 맞나요? 제발 대답 좀 해주세
요. 누구라도 대답 좀 해주세요.

    지도 앱에 따르면 지하철역에서 주경의 집까지
는 도보로 십오 분 정도였다. 처음 가보는 동네였지만
영우가 사는 곳과 그리 다르지 않아 낯설지 않았다. 골
목길은 어두웠고 길가 화단에는 버려진 담배꽁초들이
쌓여 있었다. 상가 앞에 지저분하게 놓인 폐기물 봉투
들을 지날 때는 저 폐기물 봉투 중 하나에는 죽은 고양
이나 죽은 새가 들어 있을지도 모른다는 생각을 했다.
가는 동안 고양이 세 마리와 마주쳤는데 한 마리는 영
우가 다가가자 경계하듯 살피다가 어둠 속으로 숨었고
한 마리는 멀뚱히 가던 길을 마저 느릿느릿 갔다. 세 번

째 고양이는 테루와 닮아 보여서 혹시나 하고 쫓아갔는
데 곧 놓치고 말았다. 사실 테루가 아니라는 걸 바로 알
아보았지만 어쩐지 주경의 집으로 가는 시간을 그런 식
으로라도 지연시키고 싶었다.

　　　산책을 하듯 두리번거리며 아주 천천히 주경
의 집으로 향했다. 영우는 치안이 나쁜 동네를 산책하
는 법을 잘 알고 있었다. 가끔 밤에 집 주변을 걷고 싶
을 때면 이어폰은 한쪽만 꼈다. 북적거리는 큰길만을
걸었고, 사람이 드문 거리에서는 비스듬히 걸으며 자주
뒤를 돌아보았다. 가끔 자신의 그림자에도 놀라곤 하던
것, 공중화장실에라도 들르게 되면 제 옷자락이 부딪쳐
내는 소리에도 누군가 숨어 지켜보는가 싶어 주위를 두
리번거리고 닫힌 화장실 문 아래를 여러 번 확인하게
되는 것, 아무리 조심해도 때때로 길에서 노상방뇨를
하거나 바지를 내리고 성기를 흔드는 남자와 맞닥뜨리
는 일을 피할 수 없는 것, 지나가는 차가 속도를 늦추면
그 안에서 누군가 손을 뻗어 가방이나 휴대폰이라도 채
갈까 봐 황급히 도로 안쪽으로 피하며 휴대폰과 가방을
두 손으로 꼭 움켜쥐게 되는, 그런 밤의 산책들을 영우
는 기억했다. 그럼에도 산책을 포기할 수 없었던 어떤

밤들에 대해서도.

주경도 다르지 않았을 것이다. 늦은 밤 퇴근해 잔뜩 긴장한 상태로 두리번거리며 서둘러 지하철역에서 집까지 걸어갔을 주경을 떠올렸다. 그래도 집에서 기다리는 테루를 생각하면 이 어둠도 덜 어둡게 느껴졌겠지. 그런 주경을 생각하자 영우는 주경을 미워하고 싶어졌다. 하라면 좀 하라는 대로. 그 말을 듣고 마음 상했던 기억을 되살려 주경을 미워하는 마음을 더 부풀려보려 애쓰기도 했다. 그러나 주경이 매일 오갔을 거리를 두려움 속에서 걷는 동안 영우는 그 말이 어떤 상황에서 나온 건지 전부 기억해내고 말았다.

영우가 식품회사에서 일할 때, 사회 적응 체험 훈련으로 온 스무 살 중반쯤 된 A와 같이 일한 적이 있었다. A는 단순한 업무도 잘 이해하지 못해서 매번 새로 알려주어야 했고 매번 새롭게 크고 작은 실수를 저질렀다. 결국 그 실수를 수습하는 건 같은 일을 하는 동료와 관리자인 주경의 업무가 되었다. 영우는 A에게는 최소한의 아주 손쉬운 업무, 해도 그만 안 해도 그만인 일만을 배정해주고 A의 몫까지 자신이 했다. 괜찮았다. 그 정도의 배려는 할 수 있다고 생각했다. 조금만 더 몸

이 고생하면 되는 일이었다. 그 편이 마음이 편했고 A
를 배려하고 돕는다는 만족감도 나쁘지 않았다. 자신이
다른 동료들보다 더 나은 사람이 된 것 같은 자부심도
느꼈다. 그러나 그것을 알게 된 주경은 영우의 배려를
용납하지 않았다. 최대한 A가 자신의 몫을 다하도록 했
다. 실수할 것을 알면서도, 실수를 하면 수습하는데 두
배의 시간이 걸리는 것을 알면서도, 주경의 지시에 불
만을 품은 A가 때로 제 감정을 주체 못 하고 소리를 지
르거나 주경을 자신을 괴롭히는 사람으로 인식하고 미
워하더라도 상관하지 않고 단순한 작업을 반복해서 하
고 또 하도록 했다. 그것은 매우 단순한 작업이라서 순
서가 조금 바뀌어도 상관없는 것이었지만 다른 직원 모
두가 매번 같은 순서로, 같은 방식으로 작업하게 했다.
그렇게 시간이 지나자, A도 자신이 하는 일의 공정을
전부 이해하지는 못해도 제법 실수 없이 따라할 수 있
게 되었다. 그것을 위해서, A가 제 몫의 일을 해낼 수 있
도록 주경은 영우에게도 말했던 것이다. 도와주지 마세
요. 그런 건 진짜 돕는 게 아니에요. 하라면 좀(제발), 하
라는 대로만 하세요(부탁드립니다).

　　영우는 알게 되었다. 그것이 주경과 자신의 차

이였다. 그런 건 작은 차이가 아니었다. 사실 아주 큰 차이였다. 왜 주경은 테루를 입양하도록 스스로 허락할 수 있었고 영우는 할 수 없었는지를 나누는 확실한 지표였다. 그러니 지금 주경의 곁에는 테루가 있고 자신의 곁에는 테루도 레이디 버드도 없는 것이다. 세계는 그런 식으로 공평하게 이루어진다고, 영우는 생각하며 주경의 집으로 걸음을 옮겼다.

마침내 주경이 사는 다세대주택 앞에 도착해 영우는 201호를 올려다보았다. 창문의 불은 꺼져 있었고 밖에서는 테루가 안에 있는지 알 수 없었다. 추위에 떨며 영우는 고양이가 있는 따뜻한 세계를 떠올리기 위해 테루와 함께했던 기억을 떠올렸다. 그러나 기억 속에서, 테루와 함께한 시간은 결코 아늑하고 따뜻하기만 한 것은 아니었다. 그 시간들은 오히려 혼돈과 불안에 가까웠다. 자신의 미숙함이 혹시라도 테루를 해칠까 두려웠고 곧 떠나야 할 테루를 어느 정도의 애정으로 대해야 할지 몰라 그 마음을 조절하는 일에 늘 실패했다. 쓰다듬고 싶어도 참았고 가끔 의자 위나 잘 개어놓은 빨래 더미 위에서 자신을 쳐다보는 테루의 시선이 느껴져도 외면했다. 정을 위해 고양이란 구실이 필요했던 게 아니라 고양이를 위해 정이란 구실이 필요했던 게 아닌가 하는 생각이 들기도 했지만 곧 지워버렸다.

물론 평화로운 기억도 있었다. 테루를 돌보기 시작하면서 도서관의 재적 세일에서 고양이에 관한 책들을 몇 권 구입했다. 장 그르니에의 고양이 물루에 대한 이야기와 도리스 레싱의 루카스에 대한 애정 어린 글들은 좋았다. 커트 보니것의 『고양이 요람』은 영우가 생각한 요람과는 전혀 다른 이야기라서 당혹스러웠지만 읽다 보니 그리 다르지 않다는 생각이 들었다. 테루와 함께 읽으면 어떤 이야기건 그 문장에서는 고양이의 온기와 기척이 느껴졌다. 그것은 불안을 담보한 평화여서 더 소중했다.

사 온 책들을 다 읽기도 전에 테루를 주경에게 보내게 되었다. 테루와 함께 불안감도 사라졌다. 불안감이 사라졌으니 영우는 줄곧 평온한 상태를 유지해야 했다. 그러나 공허 속에서 불안감으로 충만했던 밤들을 떠올릴 때면, 영우는 그 불안감이 자신을 가득 채우는 안전한 감각의 다른 이름이 아닌가 생각하게 되었고, 소중한 것을 지켜내고자 스스로를 안전한 곳에 머물게 하는 그 불안감을 종종 그리워하게 되었다.

시간이 얼마나 지났을까. 추위에 발가락이 곱아 들었다. 일 분만 더, 딱 일 분만 더, 하고 중얼거리며 발을 동동거리는데 골목 바깥에서 이동 가방을 안고 걸어오는 주경이 보였다. 주경은 집 앞 계단에 걸터앉아 있는 영우를 보고도 놀라지 않았다. 어딜 다녀오는 걸까 묻지 않았고 주경도 대답하지 않았다. 다만 주경은 불빛 아래서 가방의 통풍구 지퍼를 열고 영우가 테루를 잘 볼 수 있도록 도와주었다. 입양 보낼 때 함께 넣어준 테루의 애착 양말이 가방 안에 같이 들어 있었다. 주경의 보호 아래, 테루는 괜찮아 보였다. 다 괜찮아 보였다. 영우는 테루를 쓰다듬으려고 손을 뻗으려다 이내 내리고 두 손을 모아 쥐었다. 오래 추위 속에 내버려둔 자신의 손은 테루에게 너무 차가울 터였다. 테루의 안전을 확인했으니 그것으로 되었다고 영우는 생각했다. 주경이 영우에게 물었다.

"잠깐 들어왔다 갈래요?"

그런 초대는 기대하지 않아서 무어라 대답해야 할지 알 수 없었다. 주경이 피로를 간신히 숨긴 목소리로 덧붙였다.

"그래도 돼요. 많이 보고 싶어 했잖아요."

영우의 손을 살짝 잡아끄는 주경의 손이 너무
차가워 영우는 울고 싶은 심정으로 테루를 다시 한번
보았다. 테루는 귀여웠다. 정말이지, 진심으로 귀여워
보였다. 그것으로 되었다고 영우는 생각했다. 그것으
로 되었다. 그리고 인정할 수밖에 없었다. 고양이가 있
는 세계란 애초에 마냥 환하고 따뜻한 곳이 아니었다.
추위와 어둠 속에서라도 고양이와 있기를 선택한 사람
들, 고양이에게 한 줌의 따뜻한 햇볕이 있는 요람을 마
련해주기 위해 스스로에게 추위와 어둠과 불안과 긴장
을, 그 책임을 허락한 사람들이 있는 곳이 고양이가 있
는 세계였다.

　　괜찮다고 말하며 영우가 뒤돌아서자 주경도 더
이상 권하지 않았다. 계단을 내려서서 뒤돌아보니 문이
열리고, 주경과 테루가 집 안으로 들어가는 모습이 보
였다. 곧 201호의 창밖으로 노란 불빛이 새어 나왔다.
그 안은 밝고 따뜻해 보였다. 다행이야. 영우는 테루와
주경이 들어간 집이 밝고 따뜻해 보여서 다행이라고 느
꼈고 그 마음이 자신을 아직은 안전한 세계의 테두리
안에 머물게 한다고 느꼈다. 중요한 것은 무엇을 안전
하다고 느끼는지였다. 그 안전에 대한 감각이었다. 영

우는 밖에 남았지만, 정말이지 괜찮았다. 지하철역까지 왔던 길을 되돌아가는데 올 때처럼 멀고 위험하게 느껴지지 않았다.

영우의 고양이는 아직 밖에 있었다. 추위와 어둠 속에. 그러니 이곳 역시 고양이가 있는 세계였다. 그리고 영우 또한 추위와 어둠 속에 길 위를 떠도는 것으로 오래 전부터 고양이가 있는 세계에 머물고 있었던 거였다. 고양이를 간절하게 좋아하지는 않는 마음 그대로도 온전하게 속한 채. 고양이는 그런 식으로 모두에게 공평했다. 나쁜 동네 산책을 하는 길 위의 사람들 곁에서, 공평한 추위와 공평한 어둠을 나누며.

—테루에 대해서는 너무 염려하지 마세요. 제가 잘 돌볼게요.

지하철역의 계단을 내려가는데 메시지가 와서 확인해보니 주경이었다. 염려였나. 자신이 한 것이 염려라는 걸 그제야 영우는 깨달았다. 그동안은 임시 보호자로서의 권위를 내세우려는 통제욕이나 주경에 대한 반감이라 속여보려 했지만 실제로 영우가 한 것은 염려였다. 그것은 테루에 대한 염려이면서 자신에 대한 염려였다. 테루를 보내고도 완전히 보내지 못한, 한때

둘 사이에 지속 가능한 임시로 존재했던 지키고 싶은 작은 우정에 대한 염려도 했다.

그동안 영우는 자신은 절대로 고양이를 그리거나 고양이에 대한 글을 쓰는 사람은 되지 않을 거라고 생각했다. 될 수도 없고 되지도 않을 거라고. 이 정도의 작은 마음. 간헐적이고 얄팍한 외부인의 불성실한 호의로 고양이에 대해 말하는 것을 스스로에게 결코 허락하지 않을 거라고. 그러나 언젠가는, 아주 오래 고양이가 있는 세계 안에서 한때 자신을 스쳐간 작은 우정을 임보한 시간이 아주 오래 지난 후라면, 어쩌면 이 정도의 마음으로도 고양이에 대해 이야기할 수 있을지도 모른다고, 그것은 자신이 허락하는 게 아니라 길 위에서 자신과 함께 떠도는 어떤 고양이가 허락해주는 일일지도 모른다고, 오늘 밤의 영우는 생각했다.

집으로 가는 지하철 안에서 영우는 언젠가 정과 나눈 해피엔딩에 대한 이야기를 떠올렸다. 정은 그 당시 재미있게 보던 드라마의 결말이 마음에 안 든다며 이렇게 말했다. "저는 해피엔딩이 아닌 건 참을 수 없어요." 그렇게 말하는 정이 무척 귀엽다고 생각했다. "생각해봐요. 저는 사람들이 모두가 해피엔딩을 원하는 걸 알면서 비극이니 열린 결말이니, 그런 자기만의 예술을 하는 건 진짜 예술이 아니라고 생각해요. 뻔하고 안일한 엔딩이라느니, 쉬운 타협이나 낙관이라느니, 그런 식으로 해피엔딩을 폄하한다 해도, 저는 그렇게 쉬운 낙관을 위해 얼마나 많은 비극과 절망에 대한 욕구를 누르고 어렵게 타협점을 찾아야 하는지 알거든요. 우리는 알잖아요? 진짜 어려운 건 누구도 다치지 않는 타협이라는걸. 그러니까, 그 힘겨운 선택을 절대 폄하해서는 안 된다고요. 저는 정말이지, 해피엔딩이 아닌 건 참을 수가 없어요." 정은 앞으로도 절대 참지 않는 사람이 되겠다는 듯 말을 마치며 야무지게 입술을 꽉 깨물었다. 영우도 그렇게 말하는 사람이 되고 싶었다. 해피엔딩이 아닌 건 참을 수 없어요.

영우는 속으로 그 말을 되뇌며 메신저를 열고 정에게 보낼 메시지를 입력하기 시작했다.

—고양이가 참 귀여워요. 이름이 뭐예요?

망설임 끝에 전송 버튼을 눌렀는데 그건 영우가 한 일이 아니었다. 영우의 고양이가 한 일이었다. 잠시 후 메시지가 왔다는 알림이 떴고, 영우는 정의 답변을 확인하지 않고 휴대폰을 손에 꼭 쥔 채 지하철에서 내려 집으로 걸어가기 시작했다. 오늘 밤의 산책은 나쁜 동네 산책이 아니었다. 그것과는 아주 거리가 멀었다. 지금 영우의 손 안에는 언젠가 한 번 가진 적 있지만 지금은 잃어버린, 작고 귀여운 레이디 버드가 있었다. 그것은 어쩌면 아직 길 위에 있는, 영우가 가진 적 없지만 그래서 잃어버릴 수도 없는 이름 없는 다른 고양이일 수도 있었다.

* '올드 레이디 버드'라는 제목은 그레타 거윅 감독의 영화 <레이디 버드>(2018)에서 가져왔습니다.

장례 세일

1

독고 씨의 묘비명을 생각하면 현수에게는 떠오르는 사자성어가 하나 있었다. 토사구팽. 그러나 그 말을 새길 기회는 쉬이 오지 않을 거였다. 묫자리도 없이 묘비만 세울 수는 없을 테니까. 어쨌거나 그것은 차차 생각해볼 일이었고, 그러자면 선행되어야 할 것이 있었다. 독고 씨의 죽음이었다.

요즘 현수에게는 한 가지 진실된 기도 주제가 있었는데, 아버지 독고 씨가 장례 세일 기간 중에 운명하는 것이었다. 현수가 이십이 개월의 계약직으로 들어와 일 년 팔 개월간 3교대 경비원으로 근무해온 병원의

장례식장은 계약직의 경우 30퍼센트의 직계가족 할인
이 적용되었다. 이왕이면 그 혜택을 누리고 계약을 만
료하고 싶은 게 현수의 지나친 이기심이나 불효는 아닐
터였다. 코로나로 인해 요양병원의 면회가 전면 금지되
었던 시기에도 이미 두 번의 임종 면회를 가진 적이 있
었다. 곧 돌아가실지 모른다는 연락에 근무를 하다 말
고 달려가 금세라도 숨이 넘어갈 듯한 독고 씨를 보고
왔는데, 그 후 독고 씨는 (어쩌자고) 다시 회복되기를 반
복했다. 회복되었다고 해서 가족들의 얼굴을 알아보거
나 의식을 차릴 정도는 아니었고, 여전히 코에 껴놓은
줄로 음식을 섭취하고 목에 뚫어놓은 구멍을 통해 숨을
쉬었지만, 심장이 갑자기 멎거나 숨이 꼴딱 넘어가지는
않을 정도로, 침대에 가만히 누워 밭은 숨을 쉬며 호흡
하는 심장을 유지할 정도는 되었다는 이야기였다.

　　이건 연명 치료에 해당하는 것 아닌가? 그 부분
에 대해서 의료진의 의견을 물었으나 판단은 전적으로
가족의 몫이었다. 독고 씨가 연명 치료 중단 의사를 밝
힌 건 수년 전이었지만, 어디서부터 연명 치료로 볼 것
인가에 대해서는 명확한 견해를 들은 바 없었고 가족
간에도 의견이 엇갈렸다. 결국 대외적으로 가족 된 도

리에 어긋나 보이지 않을 정도를 가늠해 심폐 소생술은 하지 않는 좁은 의미의 연명 치료 중단으로 합의를 본 게 지금 독고 씨의 상황이었다.

저렇게 한 달, 두 달 더 사는 게 무슨 의미가 있나. 현수가 대단히 매정하거나 부모의 은혜도 모르는 불효막심한 자식이라서가 아니라, 뭐 효자라고는 할 수 없지만 여하튼 사실이 그렇지 않은가, 했다. 현수가 근무하는 그리 길지 않은 시간 동안에도 친지상을 당한 병원의 관리팀 직원들이 세 명이나 있었다. 한 명은 조부였고 한 명은 시부, 한 명은 모친이었는데 모친상을 당한 약제실 보조원 경선의 경우에는 병원의 장례식장을 할인된 가격으로 이용하는 혜택을 누렸을 뿐 아니라 일 년 계약직에 직무 연관성도 없음에도 불구하고 새로 온 오지랖 넓은 관리팀장의 독려로 관리실 전 직원이 번갈아 조문을 갔다. 현수도 야간 근무를 끝낸 후 피곤한 몸을 이끌고 조문을 가서 육개장을 먹었는데, 육개장과 그때 딸려 나온 삼색 냉채와 김치, 동그랑땡이 어찌나 맛있던지 인사를 하러 온 경선에게 맛있다는 말을 여러 번 했고, 그러자 경선은 현수를 보며 동그랑땡이라도 좀 싸 갈래요? 하고 물었다. 현수가 가만히 있자 경선은 작게 한숨을 쉬더니 맛있게 먹어주면 나야 고맙지, 하고는 일회용 그릇에 동그랑땡을 담아 위생 지퍼백에 깔끔하게 넣어주었다. 현수는 동그랑땡을 들고 돌아오며 조의금 삼만 원은 너무했나 오만 원은 할 걸 그랬나 생각했지만 시간을 되돌려도 자신은 삼만 원 이상은 하지 않으리라는 걸 알고 있었다.

　　동그랑땡은 냉장고에 넣었다가 하루 지난 후에 데워 먹어도 맛있어서 본 적 없는 경선의 모친에 대한 애도의 마음이 새록새록 샘솟았다. 이렇게 맛있는 음식을 제공하는 장례식장을 30퍼센트 할인된 가격으로 이용할 수 있는 기회가 쉽게 오는 건 아니었다. 게다가 계약기간이 끝나고 새로운 일자리를 구하기 전에 상을 당하면, 빈소에 조문을 올 현수의 지인이라고는 지금은 그만둔 극단 '숲으로'의 단원들, 조의금 삼만 원짜리 연극쟁이들 두어 명이 전부일 터였다. 조의금도 조의금인 데다 빈소가 너무 쓸쓸해 보이면 남들 보기 물색없을 터였고, 또 어머니 순정 씨나 동생 민영에게도 체면이 서지 않는 일일 게 분명했다. 독고 씨의 죽음이 할인 기간 안에 이루어지기를 바라는 현수의 생각을 독고 씨가 안다 한들 서운해할 일도 아니었다. 다 아버지 가시는

길 외롭지 않길 바라는 현수의 배려심에서 비롯된 소망
일 뿐이었다.

인생은 타이밍이다. 죽음 역시 타이밍이 중요했
다. 존엄사라는 건 그런 거였다. 스위스에서 이천만 원,
삼천만 원씩 주고 하는 것도 존엄사긴 하겠지만, 그거
야 돈 있는 사람들의 이야기고, 진짜 존엄사란 이런 거
라고 생각했다. 남은 가족이 부담해야 할 장례 비용을
최소한, 30퍼센트 할인된 가격으로 이용할 수 있는 기
간 안에 죽어주는 것. 조의금 낼 사람이 한 명이라도 더
있을 때 죽는 것. 살아서 뭐 대단한 영광이나 추억이라
도 애써 만들 수 있다면 모르지만 그것도 아닐 바에야.
그것이 결국 독고 씨도 원하는 존엄사일 거라고 현수는
생각했다. 독고 씨는 그런 사람이니까. 평생을 그렇게
살아왔으니까. 그러자 다시 한번 토사구팽이라는 사자
성어가 떠올랐다. 현수가 아는 사자성어라는 게 몇 개
되지 않아서 돌려막기하느라 그런 것만은 아니고.

죽기 전에는 지난날들이 필름처럼 지나간다는
데, 독고 씨에게는 그런 정신조차 없을 것 같아서 현수
가 대신 회상해주기로 했다.

독고 씨의 지난 삶에는 현수에게 또렷하게 각인
된 몇 가지 기억이 있었는데, 그중 하나가 토끼탕이었
다. 현수가 초등학생일 때, 작은 제약회사의 영업사원
으로 일하던 독고 씨가 직장 상사라는 남자 둘과 함께
귀가한 적이 있었다. 손에는 살아 있는 토끼가 들려 있
었다. 털이 잿빛이고 코가 분홍색인 토끼였다. 첫 사냥
인데 토끼를 산 채로 잡더라니까. 독 과장 그렇게 안 봤
는데 아주 타고난 사냥꾼이야. 등산 조끼를 입은 덩치
큰 남자가 우렁우렁한 목소리로 독고 씨를 칭찬했다.
독고 씨는 칭찬을 들을수록 어쩐지 초조하고 괴로워 보
였다. 그 모습이 현수의 눈에는 사과 상자에 든 토끼와
꼭 닮아 보였다. 토끼는 낯선 환경이 불안한지 귀를 쫑
긋 세우고 웅크린 채 현수를 겁먹은 눈으로 쳐다보고
있었는데 작은 입을 끊임없이 오물거리는 게 배가 고파
보이기도 했다.

"당근하고 감자 좀 사와라."

어머니 순정 씨가 심부름을 시켰다. 토끼에게 주려는 거구나. 현수는 신이 나서 심부름을 갔다. 토끼는 진짜 당근을 좋아하나 봐. 그런데 토끼가 감자도 좋아하나? 고개를 갸웃거리며 가게에 가는 동안 현수는 토끼에게 붙여줄 이름을 생각했다. 뭐가 좋을까. 강아지나 고양이는 몰라도 토끼를 키우게 될 거라고는 생각해본 적이 없어서 어떤 이름을 붙여야 할지 알 수 없었다. 현수가 아는 한 반에서 토끼를 키우는 아이는 한 명도 없었다. 내일 학교에 가서 친구들에게 자랑할 생각을 하니 벌써 마음이 부풀어 올랐다. 일요일인데 같이 놀아주지도 않고 아침 일찍 나가버렸던 독고 씨에게 화가 났던 마음 같은 것도 다 잊을 수 있었다. 자신이 토끼라도 된 듯 깡충깡충 뛰면서 현수는 당근과 감자를 사가지고 집으로 돌아왔다. 그런데 토끼가 보이지 않았다.

"내 토끼는?"

"네 토끼라니?"

"나 주려고 가져온 거 아니야?"

순정 씨는 대답하지 않았다. 대신 말없이 감자 껍질을 벗기기 시작했다. 독고 씨에게 물어보고 싶었으나 보이지 않았고, 함께 온 남자 둘만 거실에 차려놓은 술상을 앞에 두고 앉아 벌써 얼큰하게 취해 있었다.

그때, 독고 씨가 욕실에서 커다란 냄비를 들고 나왔다. 순정 씨가 곰국을 끓일 때 쓰는 큰 냄비였다. 현수는 열린 문틈으로 욕실 안을 보았다. 욕실 바닥에는 채 씻겨나가지 않은 피와 조금 전까지 토끼의 몸에 붙어 있던 털들이 날리고 있었다.

현수가 아는 독고 씨는 순정 씨의 표현에 의하면 벌레 한 마리 죽이지 못하는 사람. 순정 씨에게 남자가 저렇게 얌전하고 배포가 없어서야, 그러니 맨날 이 모양 이 꼴로 살지, 하고 구박받으면 실없이 웃으며 현수의 옆구리를 괜히 쿡쿡 찌르면서 오늘은 아빠가 실컷 혼났으니 현수는 덜 혼나겠네, 하던 사람.

순정 씨는 아무렇지 않게 커다란 냄비를 받아 썰어놓은 감자와 당근, 양파를 넣고 불 위에 올렸다. 남자들은 그날의 성공적인 사냥에 대해 떠들기 시작했고 독고 씨는 그들의 잔이 빌 때마다 얼른 술을 따랐다. 상사라고 해도 한 명은 독고 씨보다 확연히 어려 보였는데 독고 씨가 꼬박꼬박 어른 대접을 하는 것이 어린 현수의 눈에도 우습게 느껴졌다. 같이 어린이대공원에 가기로 한 약속도 깨고 아침 일찍부터 나가더니. 그래도 선물로 토끼를 가져왔으니 용서해줄 생각이었는데 내 토끼를 기껏 저런 아저씨들의 술안주로. 그래도 싸다, 저런 대우를 받아도 싸다, 라고 현수는 생각했다. 그날 은 현수가 독고 씨의 삶이 '그래도 싼' 인생이라는 걸 처음 목격한 날이었다. 순정 씨 역시 웃는 얼굴로 옆에 앉아 마른오징어를 찢고 토끼탕을 덜어주며 그들이 기세등등하게 늘어놓는 사냥 성공담을 적절한 감탄사와 함께 경청했는데, 그 모습이 현수를 더 화나고 우울하게 했다. 그래도 싼 인생은 결코 혼자만 그래도 싼 인생으로 남는 게 아니었다. 가족들까지 도매금으로 넘겨버리는 거였다.

잠시 후, 현수는 화장실에 가려다 안에서 순정 씨가 구역질하는 소리를 들었다. 살짝 문을 열고 보니 순정 씨가 고무장갑을 끼고 욕실 바닥을 철 수세미로 박박 닦고 있었다. 바닥 타일 틈새에는 아직도 피가 묻어 있었는데, 그 위에 락스를 뿌리던 순정 씨가 현수가 문밖에 서 있는 것을 발견하고는 황급히 문을 닫았다. 그리고 달칵, 안에서 문을 잠그는 소리가 들렸다.

취한 남자들은 자정이 넘어서야 일어섰다. 순정

씨의 부름에 현수는 자다 말고 현관으로 달려가 그들에게 허리를 굽혀 인사했고, 등산 조끼가 벌겋게 취한 얼굴로 현수의 머리를 쓰다듬으며 말했다.

"고 녀석, 말썽 많이 피우게 생겼네. 너 엄마 아빠 속 많이 썩이지?"

현수가 대답하기 전에 순정 씨가 웃으며 말했다.

"말도 마세요. 말도 엄청 안 들어요. 아주 혼내주세요."

그러자 등산 조끼가 지갑에서 만 원 한 장을 꺼내어 현수의 눈앞에 들이밀고 흔들며 말했다.

"그래요? 너네 아빠는 말 잘 듣는데 왜 그럴까. 너도 아빠 닮아 말 잘 듣는다고 약속하면 만 원."

현수가 입을 꾹 다문 채 대답하지 않자 등산 조끼가 말했다.

"약속 안 해? 자식 고집 있네. 그래도 꺼낸 거니까 받아라."

등산 조끼가 내민 돈을 현수가 선뜻 받지 않자 등산 조끼가 옆에 서 있던 독고 씨의 손에 만 원을 쥐어주며 말했다.

"싫음 말고. 봐라. 너네 아빠는 착하게 구니까

가만히 있어도 만 원을 벌잖니."

　　독고 씨가 사람 좋게 허허 웃으며 그 돈을 다시 등산 조끼에게 건네주었고, 등산 조끼가 (됐어, 애나 줘) 독고 씨의 손을 쳐내는 바람에 바닥에 떨어진 만 원은 순정 씨가 집어 웃으며 (현수야, 고맙습니다 해야지) 현수의 주머니에 넣어주었다. 순정 씨와 독고 씨가 두 남자를 배웅하러 나간 사이 혼자 남은 현수는 어지럽혀진 거실의 술상 위에 놓인 냄비를 들여다보았다. 그 안에는 현수를 쳐다보던 토끼의 불안한 눈동자나 움찔거리는 코 같은 건 없었고, 먹다 남긴 고기 조각 두 개만 뻘건 기름과 함께 남아 있었다. 다 먹지도 못할 거면서 내 토끼를. 현수는 망설이다가 조각 하나를 집어 살짝 혀로 핥아보았다. 뜻밖에도 익숙한 맛이 났다. 순정 씨가 해주던 닭볶음탕 맛과 별로 다르지 않았다. 현수는 아주 천천히 뼈에 붙은 토끼의 살 조각을 뜯어먹기 시작했다. 이 맛을 무어라 표현할 수 있을까. 갸륵한 맛. 혹은 거룩한 맛. 남은 한 조각마저 남김없이 먹은 후, 현수는 주머니의 만 원을 꺼내어 독고 씨가 비상금을 숨겨두는 담배 케이스 안에 넣어두었다.

　　그때 어린 현수가 제게는 전 재산이었던 만 원,

처음으로 아버지 독고 씨의 '그래도 싼' 인생을 목격한 대가로 받은 돈을 에누리 없이 독고 씨의 비상을 위해 기부했다는 것, 그 마음으로 지금 독고 씨의 죽음을 함부로 에누리하려는 마음 같은 건 상쇄될 수 있다고 현수는 생각했다.

3

그래도 싼 죽음이라면.

경선이 추천해준 상품의 이름은 '클래식'이었다. 경선의 지인이 시작했다는 장례 토털 서비스 업체의 상품 아홉 개 중 아래에서 세 번째. 베이직과 스탠더드 다음으로 저렴한 상품이지만 이름이 클래식이라 그렇게 저렴한 느낌은 들지 않았다. 그 위로는 노블이니 프리미엄, 로열 같은 단어들이 붙어 있었는데 독고 씨는 살아생전에도—지금도 살아 있기는 하지만—프리미엄이나 로열 같은 단어가 붙은 상품은 이용해본 적 없는 사람이었으니, 이 정도면 넘치면 넘쳤지 모자라지는 않아 보였다. 아주 싸지도 않고 적당히 품위 유지는 하면서 그래도 싼 장례 상품. 문제는 장례업체의 입장에서는 그래도 싼 상품이 현수에게는 그래도 비싼 상품이라는 데 있었다. 현수가 아무래도 스탠더드로 해야 할까 봐, 하고 고민하자 경선이 이런 정보를 알려주었다.

"지금 계약하면 같은 비용으로 한 등급 업그레이드해주는 오픈 기념 이벤트 중이긴 한데, 그게 기간이 정해진 거라."

남은 행사 기간은 두 달. 그러니 두 달 안에 죽기만 하면 스탠더드 가격으로 클래식한 죽음을 누릴 수 있다는 이야기였다. 평생을 세일즈맨으로 살아온 독고 씨라면 자신의 죽음을 가지고 저비용 고품격, 까지는 아니더라도 기본은 하는 클래식한 장례를 치를 수 있는 세일 찬스를 현수가 놓친다면 세일즈맨의 기본이 안 되었다고 안타까워할 게 분명했다. 싸게 사고 비싸게 판다. 결국 세일즈의 기본은 그게 전부라고 독고 씨는 말하곤 했다. 그렇게 잘 아는 것치고는, 본인의 인생은 비싸게 사서 싸게 팔아넘기는 식으로 마무리될 게 뻔했지만 말이다.

관건은 역시 타이밍이었다. 두 번째와 세 번째 임종 면회 사이에는 네 달이라는 간격이 있었다. 네 번째 임종 면회는 좀 더 빨리, 최소한 두 달 이내에 해프닝이 아닌 임종이라는 명칭에 부합하는 종결된 방식으로 성공적으로 이루어지길 바랄 뿐이었다.

현수가 친분이 없던 경선에게 장례 절차나 준비와 관련해 조언을 구하게 된 건 독고 씨의 세 번째 임종 면회를 끝낸 직후였다. 두 번째까지는 병원의 전화를 받자마자 헐레벌떡 달려갔지만 세 번째는 달랐다. 이미 두 번이나 근무 중간에 예정에 없던 조퇴와 반차를 쓴 터라 이번에도 별일 아닌데 괜히 팀장에게 밉보이게 될까 봐 조심스러웠다. 별일이 생길까 무서운 게 아니라 별일이 생기지 않을까 봐, 아무 일도 생기지 않아서 회사 사람들 보기에 겸연쩍어질까 봐 그게 무서웠다. 순정 씨가 반찬 가게 문을 닫고 집에 있는 민영을 데리고 먼저 요양병원으로 향했고, 현수는 일단 근무를 마치고 가기로 했다. 퇴근 후 현수가 병원에 가는 사이 다행히(그럼 그렇지) 위급 상황은 지나갔다. 갑자기 악화되어 당장 내일 돌아가실지 두 달, 세 달 이대로 연명하실지는 지켜봐야 안다는 의사의 말을 들으며 현수는 이렇게 묻고 싶었다. 당장은 말고 세 달은 길고 두 달이 지나기

전, 그때가 딱 적당한데 어떻게 안 될까요. 그러나 당연
히 아무 말도 하지 못하고 물러섰고, 그래도 남은 계약
기간 내에 돌아가실 확률은 확실히 높아졌다는 생각을
하며 장례 비용을 알아보기로 했다. 그렇게 해서 모친
상을 치른 후 장례지도사를 준비 중이라는 경선의 도움
을 구하게 된 거였다.

　　장례 준비를 시작하며 현수는 종종 장례식장
에 들러 모르는 사람들의 장례 풍경을 살펴보기도 했
다. 어떤 곳은 북적이고 어떤 곳은 한산했는데, 어떤 곳
은 현수도 알 만한 이름들이 보낸 근조 화환들이 즐비
해서 죽은 사람이 누구인지 궁금하게 만들기도 했다.
뭐 얼마나 대단한 죽음이기에. 위풍당당한 죽음과 의기
소침한 죽음 사이에서 근조 화환 리본에 적힌 국회의원
과 이사장과 대표와 사장 들의 이름을 보며 현수는 이
게 다 진짜일까, 혹시 그냥 보여주기식으로 대충 붙인
이름은 아닐까 그런 의심을 품기도 했다. 그러나 그런
의심 또한 부러움과 선망의 감정에서 비롯된 것이었다.
흥행에 성공한 공연들, 관객이 몰려들고 커튼콜을 외치
는 공연을 보며 느꼈던 그 진한 부러움, 자신은 결코 가
질 수 없을 것 같은 그 흥성한 에너지와 찬란한 미래를

약속하는 한자리에 군집된 군중이 뿜어대는 추대의 기운들, 그런 흥행작들을 관객석 끝자리에서 보며 손톱만 물어뜯던 기억이 새삼 떠올랐다. 독고 씨에게는 이왕이면 흥하는, 파격가에 타임 세일하는 마트 수산물 코너처럼 사람들로 북적이는, 남들 보기에 쓸쓸하지 않은 장례를 치러주고 싶었다. 그것이 죽은 이보다는 산 사람의 욕심이고 허례허식이라는 건 알지만 현수는 가진 것도 없는 주제에 최소한의 허례허식을 포기하고 싶은 생각은 조금도 없었다. 결국 삶이란 보여지는 것이 전부였다. 무대 아래에서 보낸 시간보다 무대 위에서 보낸 짧은 시간, 그 시간을 얼마나 강렬하게 마무리하느냐가 전 생애의 흥행 여부를 결정하는 건지도 몰랐다.

그러나 이대로라면. 독고 씨의 장례식장은 매우 한산할 뿐 아니라 근조 화환도 거의 없을 게 분명했다. 너무 허전하면 제 돈으로 근조 화환을 주문해 리본만 달아놓아도 되긴 할 터였다. 장례식장에 온 조문객들이 애써 진위 여부를 따져 묻지는 않을 테니까 대충 한국문화예술연극위원회 구자성 대표니 공연문화연대 정만석 이사 같은 이름만 새겨두어도 그럴듯해 보일지 몰랐다. 그러나 그러자면 돈이 문제인데, 하고 생각하다

보니 이 많은 근조 화환들은 장례식이 끝나면 어떻게
되는지 궁금해졌다. 알아보니 싼값에 재활용하려고 화
원에서 수거해가는 경우도 있고, 장례식장에서 자체적
으로 폐기 처분하는 경우도 있다고 했다. 그제야 근조
화환이라고 해서 다 같은 게 아니라는 사실이 눈에 들
어왔다. 어떤 화환은 이미 두어 번의 장례를 치르고 온
듯 시들시들했고 어떤 화환의 리본에는 재생하지 않은
화환이라는 글자가 당당히 표기되어 있었다. 미리 부탁
만 잘해두면 남의 죽음을 애도하기 위해 쓰인 근조 화
환을 싼값에 양도받아 리본 갈이만 해도 될 것 같았다.
어차피 한 번 쓰이고 버려질 애도라면 충분히 애도되지
못한 누군가의 죽음을 위해 재활용되는 게 더 의미 있
는 거 아닌가, 그렇게 생각하고 싶었다. 재활용되는 애
도라고 해서 뭐 그리 다르랴. 그러나 독고 씨가 받을 수
있는 애도란 결국 남의 죽음에 쓰이고 남은, 폐기 처분
직전의 애도일 뿐인지도 모른다 생각하니 조금 우울해
지긴 했다. 그러나 현수는 그래도 싸다, 라고 생각하기
로 했다. 유산 한 푼 남겨주지 않고 사망보험 하나 들어
두지 않은 독고 씨에게는 그 정도도 싸다고. 그래야만
괜한 죄의식에서 벗어날 수 있을 것 같았다. 중요한 건

이익을 남기는 거였다. 독고 씨가 평생을 몸담았던 세일즈의 윤리란 그런 거였다. 최대한 영업이익을 남기는 것. 그렇게 따지면 독고 씨는 얼마나 비윤리적인 세일즈맨이었는지.

애도에 가성비를 따진다고 해서 그게 뭐 불법도 아니고, 현수는 죄의식도 사치라고 생각했다. 죄의식은 가성비로 따져봐도 소장 가치 없는, 쓸데없는 감정의 낭비일 뿐이었다. 현수가 물건을 사거나 소비할 때 가장 중요하게 생각하는 건 어쩔 수 없이 가성비였다. 아버지 독고 씨의 죽음에 드는 비용의 결정에도 가성비를 가장 중요하게 고려하는 건 어찌 보면 현수의 입장에서는 당연한 일이었다. 그렇다고 그게 독고 씨의 생애에 대한 모독이거나 애도의 뜻을 빛바래게 하는 건 아니라고 생각했다. 그렇게 믿고자 했다. 그리고 그 믿음을 경선에게도 확인받고 싶어서 이렇게 물었다.

"어차피 장례 비용에 따라 죽음의 가치나 애도의 깊이가 달라지는 건 아니잖아요. 그렇죠?"

현수의 질문에 경선이 조금 머뭇거리더니 애매하게 웃으며 말했다.

"뭐 그렇긴 한데. 꼭 아니라고 하진 못하겠다.

조의금 액수 같은 것만 봐도 사실, 그렇잖아?"

경선이 자신이 낸 삼만 원을 기억하고 말하는 것 같아서 현수는 괜히 물어봤구나 후회가 되었다. 역시 오만 원은 했어야 했나. 만약 경선에게 부탁할 일이 생길 줄 알았다면 그때 오만 원은 했을 수도 있었다. 경선을 통하면 할인을 받을 수 있다고 해서 장례 업체 소개를 부탁한 건데 쓸데없는 짓을 했나 싶기도 했다. 사실 경선은 이제 장례지도사가 될 거니까, 고객에게 돈으로 애도를 표현하는 것으로 고인에게 못다 한 마음의 빚을 갚고 죽음에 대한 존중을 보여달라고, 미안해하는 마음을 건드려 더 많은 비용을 지불하게 만들어야 하는 사람이니까 이렇게 반응하는 게 당연한지도 몰랐다. 괜히 그 말에 마음 상해 능력 이상으로 무리한 상품을 선택하거나 독고 씨의 죽음을 헐값에 처리하려 한 자신의 무정에 자책할 필요는 없었다. 그러나, 그러나 말이다.

시장에서 나물이나 티셔츠 하나를 사면서도 가격 흥정을 한답시고 터무니없이 깎으면 욕먹는 게 당연한 이치였다. 하나뿐인 아버지 독고 씨의 죽음에 드는 비용을 이런 식으로 후려치려는 것은 독고 씨의 삶마저 후려치는 불공정한 거래일 수도 있었다. 아무리 그것과 이것은 다르다고, 자신이 지불할 수 있는 능력보다 무리하는 것으로 자식된 도리를 다했다고 홀가분해하려는 마음은 그저 생전 못다 한 효도에 대한 잘못된 정산 방식이라는 생각이 들면서도, 현수는 자신이 독고 씨의 죽음 값을 터무니없이 후려치고 있는지도 모른다는 의혹을 완전히 제거할 수는 없었다.

어쩌면 더 공정한 죽음 비용에 대한 고민이 필요한 건 아닐까?

그러자 며칠 전 퇴근을 하며 들른 순정 씨의 반찬 가게에서 순정 씨와 나눈 대화가 기억났다. 저녁 시간이 지나면 순정 씨는 오늘이 아니면 팔 수 없는 반찬들에 새로운 가격표를 붙이곤 했다. 일곱 시에는 정가보다 10퍼센트 할인된 가격표가, 여덟 시 이후에는 30퍼센트 할인된 가격표가 붙었다. 그날 만든 모든 반찬에는 똑같은 할인율이 적용되었는데, 현수가 보기에는 도통 융통성이 없어 보였다.

"이런 미역줄기 같은 거는 잘 팔리지도 않잖아. 그냥 반값 할인해서 팔아버려. 인기 있는 거, 이런 전이나 부침 종류는 똑같이 할인하면 다른 게 안 팔리니까 그냥 10퍼센트만 하고."

그러나 순정 씨는 현수의 제안에도 똑같은 할인율을 적용한 가격표를 붙일 뿐이었다. 융통성이 없기는 독고 씨와 똑같았다. 그러면서 한다는 말이, 그런 건 공정하지 않잖아, 했다. 현수는 어이가 없어서 웃음이 났다. 시금치나 콩나물이 무슨 공정을 안다고. 콩자반이 무슨 불공정하다고 엄마한테 시위라도 한대?

"아니 그러니까 맨날 미역줄기만 남아서 우리집 반찬이 맨날 안 팔리는 미역줄기나 가지무침뿐인 거잖아."

현수가 툴툴대자 허리를 숙이고 새로운 가격표를 붙이던 순정 씨가 몸을 일으키더니 현수를 똑바로 보며 말했다.

"내가 만들어 내가 파는 건데 가격도 내 맘대로 못 붙이니?"

"아니 내 말은 그게 아니라."

"너도 알잖아, 현수야. 엄마가 평생 해본 게 시급 받는 일밖에 더 있었니? 최저 시급보다 낮은 시급 받을 때도 내 능력이 그것밖에 안 되니까 어쩔 수 없다고 생각하면서, 남들이 가격표 붙여주는 대로 후려치면 후려치는 대로 그게 내 가격인가 보다, 그러고 다녔었다."

당황하는 현수를 보며 순정 씨가 들려준 이야기는 이런 거였다.

"어떤 때는 최저 시급보다 삼백 원, 사백 원 더 준다고 해서 가면 딱 고만큼 더 일이 힘들더라. 어떤 곳은 최저 시급보다 덜 준다고 해서 일이라도 편하겠지, 하면 그것도 아니었어. 물론 운 좋을 때는 이 돈 받고 이렇게 편하게 일해도 되나 싶을 때도 있었는데, 당연히 그런 일은 다시는 주어지지 않더라. 그냥 어디선가는 같은 돈을 받으면서 이렇게 편한 일을 하는 사람도 있다는 것만 알게 되었고 말이야. 엄마가 하는 일이라는 게 다 그랬어. 마트고, 청소 업체고, 식당이고. 일을 하고 임금을 받으면서도 그게 내 시간, 내 노동에 대한 공정한 가격인지 그런 거는 생각할 틈도 없었어. 그냥 그렇게 정해진 걸 받아들이는 것뿐이었지. 물가가 오르면 또 오르는 대로, 이게 맞나 따지지도 못하고 불평하면서 그냥 미끼상품이나 할인된 상품 들 사 먹고 쓰면서, 그렇게 살았다."

순정 씨가 원래 이렇게 말이 많은 사람이었나. 현수는 괜히 머쓱해져서 코다리 강정에 새로 붙은 30퍼센트 할인된 가격표만 만지작거리며 중얼거렸다.

"엄마는 내가 뭐라 그랬다고."

순정 씨가 남은 할인 가격표를 마저 붙이며 덧붙였다.

"살면서 있잖니, 내 맘대로 결정할 수 있는 가격이란 게 하나도 없더라. 여기 반찬 가게에서 일하면서도, 현서 이모가 있을 때는 내 맘대로 할인 가격 하나 제대로 못 붙인 거 너도 알잖아. 너 현서 이모가 전에 일하던 급식실 폐암 산재 문제로 단체 소송 중이라 가게 안 나오는 건 알지? 자기 목숨값조차 그렇게 함부로 에누리당하고 자기 손으로 결정 못 하는 게 사람인데, 내가 유일하게 내 맘대로 가격 정할 수 있는 건 고작 내가 내 손으로 만든 반찬 몇 가지뿐인데, 그냥 이것만큼은 내가 생각하는 공정한 방식으로 가격표 붙이면 안 되는 거니? 나도 알아. 고작 이런 걸로 세상의 가치들이 공정한 가격으로 거래되는 건 아니지만, 최소한 내가 만든 건, 내가 생각하는 공정한 가격 정도는 지켜주고 싶다고. 그러니까, 그냥 좀 놔두면 안 될까?"

물론, 그때 순정 씨가 이렇게 무슨 연극 대사처럼 기다렸다는 듯이 조목조목 말을 한 건 아니었고, 이것은 나중에 현수가 독고 씨의 죽음 비용을 계산해보며 참고하려고 순정 씨의 하소연에 가까운 말들을 정리해 기록해둔 거긴 하지만, 어쨌거나 그날 순정 씨의 요점은 이런 거였다. 토 달지 마. 내 반찬 가격은 내가 결정한다.

순정 씨의 기세에 현수는 대꾸할 말이 없었다. 뭐 엄마가 그렇다면 그런 거겠지. 그래도 미역줄기와 잘 팔리는 소시지 부침에 똑같이 30퍼센트 할인율을 적용하는 게 꼭 공정한 것인가 하는 의문은 여전히 남았지만, 그래 그게 엄마가 생각하는 공정한 가격이라면, 잘 안 팔리는 미역줄기와 가지무침도 때로 찾는 사람이 있다는 이유로 제외시키지 않고 만들어놓았다가, 떨이로 가격을 후려치지 않고 공정하다 믿는 가격을 붙여주어야만 엄마가 스스로 당당해진다면, 그건 그것으로 좋다고 생각했다. 그렇다면.

독고 씨의 죽음이 시간이 지나면 쉬어버리고 말 미역줄기무침보다 못할 것은 없었다. 독고 씨의 죽음 역시 보다 공정한 가격표가 붙을 자격이 있는 거였다. 그의 삶이 남긴 업적이 대단하거나 대단히 조명할 만한 죽음이어서가 아니라, 다만 하나의 죽음에는 그에 따른 정당한 애도의 몫이 있을 테니까. 그렇게 현수는 독고 씨의 죽음에 너무 일찍 '그래도 싼' 가격표를 붙인 것은 아닌지 돌아보기 시작했고, 독고 씨의 죽음에 대한 진짜 공정한 가격은 무엇인지 다시 고심해보기로 했다. 아직 시간은 있었다.

그러고 보니 그날의 기억에는 이런 장면도 있었다. 현수가 먼저 집에 가려 하자 순정 씨가 민영과 먹으라며 명란계란말이와 잡채를 봉투에 담아 건네주었다. 인기 있는 반찬이어서 늘 가장 일찍 떨어지는 품목들 중 하나였다.

"어떻게 이게 여태 남았어?"

현수가 묻자 순정 씨가 말했다.

"남은 게 아니라 남긴 거. 너희들 먹으라고, 따로 빼둔 거."

그러니까 아껴둔 것. 그래서인지 순정 씨가 준 명란계란말이와 잡채에는 정가도, 할인 가격표도 붙어 있지 않았다. 세상에는 그런 가격도 있는 거였다.

　　독고 씨의 공정한 죽음 비용 결정을 위해 현수
는 사망보험금이나 산재 보상금의 결정 기준들과 함
께 몇 가지 참고 서적들을 찾아보기 시작했다. 그중 하
워드 스티븐 프리드먼의 저서 『생명 가격표』*를 읽으며
현수가 느낀 것은 모든 생명의 값을 결정하는 것은 결
국은 불공정이라는 것이었다. 인종, 연령, 젠더, 평생 기
대 소득, 희생자의 신원과 배경 등 목숨값이라 할 수 있
는 보상금을 결정하는 조건들은 저마다 다르게 작용했
지만 따지고 보면 그 모든 조건은 마침내 불공정에 수
렴했다. 생명에 가격표를 붙이는 데 절대적인 공정함이
라는 게 가능할 거라고는 사실 누구도 기대하지 않을지
도 몰랐다. 그것은 언론에서 조명하는 죽음에 대한 개
개인의 관심과 각기 다른 애도의 크기로도 확연히 드러
났다.

　　얼마 전까지 현수는 타이태닉호의 잔해를 보러

---

* 하워드 스티븐 프리드먼, 『생명 가격표: 각자 다른 생명의 값과 불
공정성에 대하여』, 연아람 옮김, 민음사, 2021.

개인당 약 삼억 사천만 원의 비용을 지불하고 심해 잠수정 타이탄에 탑승한 승객 다섯 명의 죽음에 관한 기사들을 꼼꼼히 찾아 읽곤 했다. 애쓰지 않아도 온라인의 여러 게시판에서 화제가 되었기 때문에 자연히 접하게 되었고 알수록 그 죽음은 다른 죽음들과 구별되며 현수의 마음 안에서 또렷한 애도의 형체를 띠게 되었다. 그에 반해 비슷한 시기에 약 칠백오십 명의 난민을 태우고 침몰한 그리스 난민선에 대한 기사는, 사망자가 대략 일흔여덟 명이라고 했던 초기 기사와 살아남은 사람 전원이 성인 남자고 여자와 어린아이는 탈출하기 힘든 갑판 하부 화물칸에 갇혀 있었다는 참담한 진실, 그리고 최종 사망자 수가 육백 명이 넘는다는 정도의 헤드라인 기사만을 확인했을 뿐이었다. 두 개의 상반된 죽음에 대한 전 세계인의 극명하게 대비되는 관심도에, 비판적인 논조의 기사들이 올라오기도 했지만 어쩔 수 없지 않나, 현수는 생각했다. 그런 건 그냥, 어쩔 수 없는 거라고.

　　그 어쩔 수 없음에 대해 현수는 몇 가지 의견을 가졌다. 그것은 차마 대놓고 말할 수 없는 비윤리적인 것이었으나 대부분의 사람들 역시 속으로 은밀히 공유

한다고 믿는, 죽음에 대한 각기 다른 가치의 부과에 대한 불공정한 주요 항목들의 관례적 수용이었다. 그리고 그 어쩔 수 없음 안에서 현수는 당연한 진리를 다시 한번 인식하게 되었다. 죽음에 따른 애도를 확장하고 가치 비용을 올리기 위해서 필요한 것은 죽음의 화제성과 특수성을 극대화하는 것이었다. 흥미를 제공하는 것, 소비하고 싶어지는 오락거리로서의 죽음, 타인의 비극에 적극적인 관객이 됨에 있어 반도덕적이라는 윤리적 반성을 부과함 없이, 타인의 죽음 앞에서 어떤 불평등에 대한 죄의식을 공유함 없이, 단지 객관적인 거리를 확보하고 올바른 편(이라 믿는 쪽)에 서서 죽음을 애도할 수 있도록 해주는 것. 애도를 개인의 카타르시스를 위한 오락으로 소비할 수 있게 만드는 것. 결국 그것이 개인적 죽음의 가치를 보다 고점에서 결정 가능하게 해주는 마감 임박 폐업 세일의 성공 비밀이라고, 현수는 생각했다.

사실 처음부터 세상의 가격을 결정하는 건 공정가에 대한 객관적 지표나 정당한 고민이나 의지가 아니라, 이렇게 많은 이들의 어쩔 수 없음인지도 몰랐다. 수많은 어쩔 수 없음이 모여서 지금 유통되는 합리적 가

격을 결정하고 마침내 불공정에 이르는 것이다. 그 불
공정함으로 이익을 얻는 특정한 소수를 위해서 세상은
어쩔 수 없음의 윤리와 신념을 더 넓게 퍼뜨리고, 교세
를 확장해나가는 것이다. 그러니 독고 씨의 죽음 비용
을 결정하는 데 고려할 것은 공정함이 아니었다. 불공
정함, 그 불공정한 축을 어떻게 최대한 내 쪽으로 기울
게 할 것인가, 그리고 그 불공정함을 위해 죽음의 흥행
성을 결정할 오락적인 면을 어떻게 효과적으로 부과할
것인가가 현수가 진짜 고민해야 할 문제였다.

　　애초에 공정한 죽음 비용은 독고 씨를 위한 것
이 아니었다. 보편적이고 관례화된 공정가격을 기준으
로 보아 병상에 누워 있는 칠십 넘은 노인이며 일구어
놓은 업적이나 유산도 변변찮고, 현재와 미래의 경제적
가치는 마이너스에 수렴하는 독고 씨의 죽음 비용은 지
금 고려 중인 '그래도 싼' 수준조차도 언감생심이거나
지나치게 고평가된 것일 수도 있었다. 그러나 문제는
고인의 죽음 비용이란 사실 본인이 창출해온 경제적·
비경제적 가치와 효용성에 대한 공정가가 아니라 대부
분 유족의 능력에 따라 결정된다는 것이었다. 그러니
독고 씨의 장례가 그래도 싼 수준에서 이루어질 경우,

그때 목격되는 건 독고 씨의 그래도 싼 인생이 아니었다. 독고 씨의 장례를 책임지는 현수의 삶이 그래도 싸다는 것을, 그래도 싼 인생은 그렇게 대물림된다는 것을 공개적으로 선언하는 자리가 될 거란 점이었다. 생각해보면 독고 씨가 토끼를 사냥해온 날, 현수가 목격한 것은 단순히 아비된 자의 그래도 싼 인생이 아니었다. 높은 확률로 대물림될 수밖에 없는 그래도 싼 자신의 인생에 대한 피할 수 없는 스포일러를 목격했던 것이다.

그렇다고 방법이 없는 건 아니었다. 가격을 결정할 때 객관적 지표만큼이나 중요하게 고려해야 할 것이 있었다. 변수였다. 늘 변수는 있었다. 그리고 독고 씨의 죽음 비용에 변수로 작용하는 것은, 당연히 현수였다. 현수의 흥행에 대한 욕심이었다. 제가 쓴 희곡으로는 한 번도 성공해본 적 없는 그 흥행을 독고 씨의 장례라는 마지막 이벤트에서만큼은 꼭 성공적으로 완수하고 싶은 현수의 욕망이었다. 아무리 생각해도 그것만이 그래도 싼 중저가의 삶에 대한 스포일러를 피하는 유일한 길인 것만 같았다. 그것을 위해서 무엇을 해야 하나. 현수는 평생 세일즈맨으로 살아온 독고 씨의 자식이었다. 본능적으로 알 수밖에 없었다. 해야 하는 것은 하나뿐, 독고 씨의 죽음으로 제대로 된 마감 세일을 해보는 것이다.

　문제는 현수에게 세일즈맨의 자질이라고는 먹고 죽으려 해도 없다는 것이었다. 독고 씨의 보증이었으니 그것은 틀림없는 사실일 터였다. 그러나 그 말을 할 때 독고 씨는 조금도 아쉬워하지 않았고 오히려 조금 뿌듯해 보이기도 했는데, 현수가 세일즈맨의 자질뿐 아니라 제조업이나 기타 생산직, 기능직, 운동이나 예술 그 어느 쪽으로도 특출난 자질이 없다는 걸 몰랐던 덕분이었다.

　확실히 현수에게는 세일즈맨의 자질뿐 아니라 예술가의 자질도 부족했다. 코로나가 터지기 전까지 몸담았던 극단에서도 현수의 작품은 무대에 오르지 못했는데, 희곡 자체의 작품성도 문제이거니와 그것의 가치를 설득하고 투자자에게 파는 데 있어 늘 소극적인 태도도 문제였다. 창작자들의 고질병, 들쭉날쭉하는 오만함과 패배 의식 사이에서 현수는 주로 자신과 자신이 쓴 글을 그래도 싼 위치에 놓아두고는 어쩔 수 없지, 라는 패배의 바다 속에서 느긋하게 유영하는 것으로 비뚤어진 자존감을 지킬 뿐이었다. 팔아먹을 수 없는 희곡 같은 건 아무 가치 없는 폐지와 다를 바 없었다. 그렇게 창작에 대한 의지도 꺾인 채 그만둘 시기를 놓쳐 의욕 없이 관성으로 극단 생활을 지속하던 중, 코로나로 인해 극단이 사실상 휴업 상태가 되면서 현수는 미련 없이 극단을 그만둘 수 있게 되었던 것이다.

얼마 전 흩어졌던 단원들이 모여 새로운 공연을 무대에 올릴 준비를 한다는 소식을 들었다. 그러나 다시 돌아가고 싶은 생각은 없었다. 그때 같이 그만둔 다른 단원들이 어떻게 지내는지 궁금해 근황을 알아보기는 했다. 그중에는 강선동도 있었다. 유튜버가 되었다고 해서 호기심에 찾아보았다가 현수는 실소를 금치 못하고 말았다. 하다 하다 아버지의 치매를 팔아먹다니. 치매 걸린 아버지를 이용해 유튜브를 하다니 인생 참 저렴하다, 너도 갈 데까지 갔구나, 싶었다. 그러나 지금 생각하면 치매라고 팔지 못할 게 뭔가 싶었다. 지금 자신은 독고 씨의 죽음을 팔려 하고 있지 않은가 말이다.

독고 씨 역시 말하곤 했다. 세상에 팔지 못할 것은 없다고. 중요한 건 팔아먹을 수 있는 것들뿐이라고. 명색이 세일즈맨이라면 그것을 알아야 한다고. 그것은 현수가 근처 도서관의 재적 세일에서 헐값에 사 온 아서 밀러의 희곡 『세일즈맨의 죽음』에 나오는 찰리의 대사였는데, 독고 씨는 그 책이 세일즈 교본이라도 되는 양 밑줄을 그어가며 읽더니 시도 때도 없이 찰리의 대사를 중얼거리곤 했던 것이다. 그렇게 본다면, 독고 씨의 죽음조차 팔아먹을 생각을 하는 자신은 독고 씨가 생각했던 것보다 훨씬 세일즈맨 기질이 충만한 건지도 모른다.

죽음을 어떻게 세일즈할 것인가. 중요한 것은 더 많은 고객을 유치하고 더 많은 고객의 마음을 움직일 세일즈 포인트를 잡는 일이었다. 독고 씨의 죽음을 어떻게 브랜딩하고 마케팅하느냐에 따라, 어떻게 화제성과 오락성을 부과하느냐에 따라, 독고 씨의 죽음의 가치 비용은 얼마든지 천차만별 달라질 수도 있었다.

달걀을 한 바구니에 담지 말라는 투자 원칙은 장례 세일에도 적용될 터였다. 불가능할지도 모르는 기간 한정 세일에만 의존하는 것보다는 회수 가능한 죽음 비용을 최대한 높게 설정해두는 것이 더 나은 선택일 수 있었다. 가끔 온라인 쇼핑을 하다가 90퍼센트 할인된 상품이라고 해서 사려고 보면, 애초에 터무니없이 높은 정가를 붙여놓은 경우가 종종 있었다. 그럼에도 불구하고 90퍼센트 할인이라고 하면 손이 갔다. 안 사면 손해를 보는 기분이었다. 그러니 손이 가는 죽음, 안 사면 손해인 것 같은 죽음, 그렇게 90퍼센트 할인가를 붙이고도 최대한의 수익을 거두려면 결국 독고 씨의 죽음의 정가를 최대한 높게 설정해두어야 했다. 그래야 너도나도 세일된 가격의 죽음에 선뜻 애도의 손길을 내밀게 될 거였다.

독고 씨의 죽음에 어떻게든 높은 가격표를 붙여놓고 그게 정가인 양 속이며 기간 한정 파격 세일을 붙여 소비자를, 더 많은 조문객을 끌어모으고 더 두툼한 조의금으로 장례 비용을 충당하고 이왕이면 영업이익도 남기는 것, 독고 씨의 죽음을 싼값에 자신의 슬픔과 애도로 소유하고 싶게 만드는 것, 그것이 지금 현수가 하고자 하는 장례 세일의 목표였다. 그렇다면 어떻게 해야 독고 씨의 죽음을 비싼 값에 세일즈할 수 있을까?

5

"들어봐."

언젠가 현수는 경선에게 왜 장례지도사 준비를 하는지 물어본 적 있었다. 그러자 경선은 이런 이야기를 들려주었다.

"햄스터가 있어."

"햄스터요?"

"응. 나도 들은 이야기인데, 자기가 기르던 햄스터가 죽어서 시골집 앞마당에 묻어줬대. 그런데 시간이 지난 어느 날 시골집에 놀러 갔더니, 햄스터를 묻어준 곳에 해바라기가 피었더라는 거야. 누구도 그곳에 해바라기 씨앗을 심은 적이 없는데. 그래서 생각했대. 내가 해바라기 씨앗을 넉넉히 주어서 다행이다. 먹고도 남아 입안에 저장하고 죽을 수 있을 정도로 해바라기 씨앗을 주어서, 이렇게 죽어서도 예쁜 꽃을 피우는구나. 너는 죽어서도 끝내 그렇게 어여쁘구나. 이런 죽음이라니, 너무 사랑스러운 이야기잖아."

"뭐 그러네요. 그런데 그래서 장례지도사가 될 생각을 했다고요?"

"응. 이 이야기를 해준 게 누군지 알아? 우리 엄마 죽었을 때, 그때 도와준 장례지도사였어. 그러면서 그러더라. 우리가 장례에 들이는 비용, 그 정성 하나하나가 넉넉한 해바라기 씨앗이 되어서 망자 가시는 길을 꽃길로 바꿔준다는 거야. 아, 나는 원 없이 보내드렸구나, 나는 할 만큼 했구나, 한 점 아쉬움 없이 그렇게 정성을 다하면 그게 다 해바라기 씨앗이 되어 시간이 흐르고 나면 슬픔은 잊히고 유족들 기억에 아름다운 꽃밭의 추억만 남게 된다는 거지."

"뭐예요, 그게. 그건 유족들한테 더 고가의 상품을 팔려는 수작 아니에요?"

"그래, 지금 생각해보면 그런데 그때는 그게 참 위로가 되더라. 내가 조금만 무리하면 엄마 가는 길에 꽃길을 깔아줄 수 있다는 거. 살아서는 그렇게 속만 썩여놓고 말이지. 그렇게 해바라기가 가득한 들판을 떠올리니까 자꾸 국화 장식도 작은 거 하면 되는 걸 중자를 택하게 되고 영정 앨범 크기도, 수의도, 꼭 내가 할 수 있는 것보다 한 단계 위의 상품을 골라 무리한 비용을 결제하고 있더라고. 내가 무리했다는 것만으로도 괜히 슬픔이 상쇄되고 이상하게 위로가 되는 것 같고 말이야. 웃기지? 근데 알고 보니 그 햄스터 이야기도 자기 이야기가 아니었어. 인터넷에 떠도는 이야기를 제 추억인 양 각색한 거더라고. 근데 더 웃긴 건, 지어낸 이야기인 걸 안 후에도 나는 이 이야기가 좋더라는 거야. 그래서 이런 죽음이라면 괜찮지 않나, 이런 죽음을 돕는 사람이 되고 싶다, 그런 생각이 들었어."

어쨌거나 경선은 그래서 장례 사업에 뛰어들게 되었다고 했다. 뭐라 포장하든 현수가 보기에는 애도를 돈으로 표현하게 하는 것, 죽음 앞에서 세세하게 비용을 따지는 것이 슬픔에 대한 예의가 아니라고 생각하게 만드는 것만 잘하면 꽤 수익성 높은 사업이 될 거라 판단한 걸로 보였다. 그런데 그런 거라면, 현수 역시 잘 해낼 수 있을 것 같았다. 원래 현수는 다른 건 몰라도 불행을 파는 데는 소질이 있는 편이었다. 자신의 글을 유일하게 비싼 값에 판 적 있었는데, 그것이 독고 씨의 파산 신청서를 작성해주는 일이었던 것이다.

처음에는 독고 씨가 직접 파산 절차에 대한 서류를 작성해서 넘겼는데, 보충 자료가 필요하다는 판결이 내려왔다. 기존 자료만으로는 파산 신청을 받아주기 힘들다고 했는데 그 이유라는 게 꽤나 웃겼다. 다른 사람들은 갚아야 할 빚이 다 일억 원이 넘는데, 독고 씨의 남은 빚은 사천만 원밖에 안 된다는 것이었다. 그러니까, 사채까지 써가며 갚고 갚고 갚으려고 갖은 애를 쓰

다가, 더 이상 갚을 여력이 안 되어 뒤늦게 파산 신청을
했더니만 그동안 많이 갚았고만, 이만큼 죽을 똥을 싸
며 갚아온 걸 보니 벽에 똥칠할 때까지 좀 더 갚아도 되
지 않겠어? 라고 판사가 생각했다는 것이었다.

　　불합리하다. 기가 막히도록 불합리하다. 이럴
줄 알았으면 애초에 갚으려고 아등바등 피똥을 싸는 대
신 처음부터 두 손 두 발 들고 파산 신청을 했을 거였
다. 그랬다면 보충 자료를 내라고 하지도, 그 비용으로
삼백만 원이나 더 들어서 또다시 여기저기 손을 벌리지
않아도 되었겠지. 현수는 억울했다. 그러나 어쨌거나,
보충 자료를 준비하기 시작했다. 희곡으로 무슨 공모전
에 당선된 적 있다면서요? 독고 씨에게 들었는지 법무
사가 전화로 물었다. 판사의 마음을 움직일 만한 탄원
의 글 좀 기가 막히게 써봐요. 꽤 재미있는 농담이라도
한 것처럼 그가 말끝에 실없이 웃었다.

　　저기, 공모전이라고 해봐야 삼백만 원인걸요.
현수는 삼백만 원과 사천만 원을 양팔 저울에 올려보았
다. 당연히 비교가 되지 않는 무게였다. 사천만 원의 빚
을 탕감받을 글을 쓰라니. 그것도 A4용지 단 세 장으로.
널리고 널린 흔한 불행의 사연 세 장을 사천만 원에 팔

기. 세일즈맨으로서의 현수의 능력이 최초로 심판대에 오르는 순간이었다.

그리하여, 현수는 썼다. 겸손하게 바닥에 무릎을 꿇고 쓰면 더 간절한 문장이 나오지 않을까 싶어서 사과 상자에 두꺼운 벽걸이 달력을 깔아 좌식 책상을 만들고, 그 위에 A4용지 세 장을 놓고 한 글자 한 글자 꾹꾹 눌러 썼다. 무릎을 꿇는 것은 좋았다. 무릎을 꿇자 자연히 기도하는 마음이 되었고 판사가, 개인 파산 신청을 받아줄 그가 기도에 응답해줄 신처럼 높고 위대하게 느껴졌다. 어쩌다가 집안 꼴이 이 모양 이 꼴이 되었는지, 현수는 상세하게 기술했다. 다 큰 자녀가 둘이나 있음에도 왜 갚을 능력이 안 되는지, 퇴원한 지 얼마 안된 막내 민영의 경제 능력 없음은 물론, 경제활동이 가능한 몸뚱어리로도 희미한 자아실현의 가능성만 좇으며 가족의 생계를 책임질 의무마저 저버린 채 현수 자신이 얼마나 대책 없고 한심하게 살고 있는지 자책하는 글을 썼고, 이거 이렇게 자책하다가 빚 때문에 마포대교에 가서 투신자살이라도 하는 거 아닐까 불안해지도록 위태롭게 썼고, 민영이 앓고 있는 우울증과 섭식 장애에 관해서도 썼다. 민영이 한 사람의 무게가 다른 사람의 무게를 앗아갈 수도 있다는 것을 목격한 후 과거의 참사에 대한 트라우마로 사람들이 군집해 있는 곳을 기피하게 되었다는 것, 사람에 대한 공포는 질량과 부피를 가진 자신의 몸에 대한 공포가 되어 스스로는 먹지도 않을 뿐더러 억지로 먹이면 다 토해버리는 섭식장애로 이어졌고 입원과 퇴원을 반복하며 제 한 몸 먹이고 재우는 일만으로도 벅차 경제활동은 꿈도 꿀 수 없다는 것을 눈물 없이는 읽을 수 없도록 썼다. 그리고 그렇게 다 큰 기생충 같은 두 자녀를 둔 아버지 독고 씨의 울분과 설움에 대해서도 썼다. 평생 가족들에게 등골을 빼먹히며 살다가, 인생의 마지막 기회라고 생각하고 남은 돈을 탈탈 털어 총판 영업을 따낸 신기술 의료용품이 사기로 밝혀지며 빚만 떠안게 되었고, 파산 신청으로도 해결 안 되는 사채 빚도 줄줄이 굴비처럼 엮여 있으며, 그리하여 독고 씨의 등은 닳고 닳은 셔츠처럼 너덜너덜해졌다고 현수는 썼다. 바닥에 똑바로 등을 대고 눕지도 못하는 독고 씨, 갚지 못한 빚이 등에 가시처럼 돋아나 태아처럼 웅숭그린 자세로만 겨우 잠들 수 있는 독고 씨에 대해 현수는 이 시대의 고통받는 아버지의 표상이라는 듯이 써나갔다.

그중에 현수가 가장 길고 절절하게 쓴 것은 갚을 능력이 안 되는 한심한 자식새끼인 자신에 대한 부분이었다. 자신이 얼마나 쓸모없는 인간인지에 대해 쓰다 보니 어느새 A4용지 세 장이 훌쩍 넘어가버렸다. 서른 장이라도 문제없이 채울 수 있을 것 같았다. 다섯 장째에 이르러 현수는 모두 찢어버린 후 세 장에 그 모든 것을 우려내기 위해 심혈을 기울여 다시 썼다. 언젠가 현수가 설령 돈이 있다 해도 아버지 독고 씨의 빚을 갚아줄 돈은 없다고 하자 독고 씨가 벌겋게 충혈된 눈으로 힘없이 중얼거린 말, 그래 다 내 탓이다, 내가 개새끼다, 라는 말은 실은 네가 개새끼다, 라는 말과 다르지 않았고, 그래서 현수는 내가 개새끼다, 내가 개새끼야, 비로소 주인을 찾은 듯 입에 착 달라붙는 그 말을 거듭 반복하며 판사 역시 그래 네가 진짜 개새끼로구나, 하는 탄식이 절로 나오도록 썼다. 그리 어려운 일은 아니었다. 있는 그대로만 적으면 되었으니까. 개새끼답게 바닥에 꿇어앉아 현수는 실제로 울면서 썼다. 딱히 눈물이 나왔던 건 아니지만, 울면서 쓰면 그 울음이 문장에 배어 나오지 않을까 싶어서 애써 울면서 썼다. 내가 개새끼다, 내가 개새끼야, 이 말만 중얼거리면 울음이 북

받쳐 올랐다. 마침내 파산 신청이 받아들여졌고, 사천만 원은 갚지 않아도 된다는 판결을 받았다. 그것이 독고 씨로부터 세일즈맨의 자질이라고는 눈에 씻고 찾아봐도 없다는 판정을 받았던, 현수의 찬란하고도 유일하게 성공한 세일즈의 기억이었다.

사실 그런 가정식 비극이라면 어느 집에나 있는 불행일 터였다. 냉장고 야채 칸에서 굴러다니는 물컹해진 오이나 싹이 난 감자 같은 것. 그러나 그런 평범한 불행의 재료로도 갚아야 할 빚 사천만 원의 파격 세일이 가능했다면, 그렇다면 독고 씨의 죽음으로도 꽤 성공적인 세일즈를 가능케 할 수 있을지도 몰랐다. 누구는 아버지의 치매도 파는데 죽음이라고 못 팔 것은 없었다. 개새끼에게는 개새끼다운 세일즈맨의 기개가 있는 것이다.

6

〈세일된 맨의 죽음〉.

그것이 현수가 독고 씨의 죽음 비용을 높이기

위해 기획한 크라우드 펀딩의 제목이었다. 함부로 후려쳐진 한 세일즈맨의 그래도 싼 중저가 죽음에 대한 쓸쓸한 연민과 남루한 초상初喪을 토사구팽당하는 아버지 세대들의 초상肖像으로 해석되도록 하는 일, 한 세일된 맨의 초상이 말 그대로 현대인의 초상이 되도록 하는 일, 그것이 이 펀딩의 셀링 포인트가 될 거였다.

독고 씨의 죽음을 세일즈하기 위해 현수는 몇 가지 아이디어를 떠올렸는데, 그러다 최종적으로 선택한 게 극단에서 공연의 제작비를 충당하기 위해 시도했던 크라우드 펀딩 방식이었다. 독고 씨의 죽음은 분명히 예정되어 있었으나 완료된 상품이나 이벤트는 아니니까, 그것이 지금 할 수 있는 최선의 세일즈 형태이기도 했다. 물론 그렇다고 해서 진짜 텀블벅에 올리거나 후원금을 받듯이 조의금을 미리 받으려는 건 아니었다. 그건 아직 죽지도 않은 죽음에 대한 모욕이 되거나 거부감을 불러일으킬 수도 있었다. 실질적인 펀딩, 즉 조의금은 죽음이 완료된 후에 장례식장에서 받아도 되었다. 다만 그때 받을 수 있는 조의금 봉투의 두께와 더 많은 애도의 깊이를 위해 조문 가능한 인맥을 넓히고 그들에게 애도의 씨앗을 심어놓는 것, 독고 씨의 죽음과 그의 지난 생애에 대한 적극적인 관객이자 투자자로서 그 슬픔을 공유하고 흥행의 성공을 바라도록 지분을 나눠주는 것, 그것이 이 크라우드 펀딩의 목적이었다.

중요한 것은 애도를 소비할 가능성이 있는 예비 조문객들에게 미리 동그랑땡을 건네는 것이었다. 경선의 어머니 장례식장에서 먹었던 동그랑땡, 그 동그랑땡을 먹으며 한 번도 본 적 없는 고인에 대한 애도의 마음이 솟구침과 동시에 조의금 액수를 조금 더 올릴까 고려하게 되었던 것을 현수는 기억했다. 그 사례를 참고해 미처 애도가 준비되지 않은 지인의 지인들까지 찾아내어 앞서 동그랑땡의 추억을 건네는 것, 최대한 많은 이에게 따뜻하고 육즙이 가득한 맛있는 동그랑땡의 맛을 보여주고 애도를 준비하게 하는 것이 현수가 이 크라우드 펀딩을 통해 이루어야 할 영업 목표였다. 이른바 미끼상품을 건네는 것이다. 그냥 무료로 나눠주는 미끼상품은 감사와 미안함을 강제로 빚지게 해 본 상품을 어부지리로 사게 만드는 방식이기도 하다. 독고 씨와 한 번이라도 스친 적 있는 사람들을 찾아내어 잊고 있었던 과거의 따뜻한 추억을 상기시키고 연민을 자극해 꽤 질 좋은 애도를 유발할 수만 있다면, 그 애도를 일깨워줄 각자의 입맛에 맞는 맛있는 동그랑땡을 만들어내기만 한다면, 그것은 꽤 성공적인 세일즈가 될 수도 있을 터였다.

그렇게만 된다면. 현수는 경선이 들려준 죽은 햄스터와 햄스터를 묻은 자리에 흐드러지게 피었다는 해바라기를 떠올렸다. 독고 씨 역시 욕심껏 해바라기 씨앗을 물고 죽은 햄스터처럼, 아니 독고 씨는 햄스터보다는 토끼에 가까우니 욕심껏 당근 씨앗을 입에 가득 물고 죽은 토끼처럼, 당근 꽃이 흐드러지게 핀 꽃밭을 지나 망자의 길을 떠날 수 있게 될지도 몰랐다. 그런데 당근 꽃이 어떻게 생겼더라. 현수는 포털에 들어가 당근 꽃을 검색해보았고, 여러 송이가 무리지어 피어 흰 국화꽃을 닮은 하얗고 소박한 당근 꽃의 꽃말이 '죽음도 아깝지 않으리'라는 것을 알게 되었다.

크라우드 펀딩을 시작하며 현수는 독고 씨가 찰리에게 빌려온 말, 세일즈맨은 꿈꾸는 사람이라는 대사를 자주 떠올렸다. 아침마다 낡은 구두에 광을 내고, 닳아서 반질거리는 바지의 주름을 바짝 세우고 누군가의 꿈일지도 모를 발기부전 약과 미스터리 전집과 생명의 육각수를 판매하러 집을 나서던 독고 씨는 때로 얼마나 거인 같았는지. 자신의 죽음조차 남김없이 판매하고 가는 것, 그보다 더 웅대한 세일즈맨의 꿈을 현수는 상상할 수 없었다.

7

정상문 대표님께.

안녕하세요. 저는 대표님께서 운영하신 육각수 정수기 업체에서 2004년부터 2008년까지 총판 영업을 담당했던 세일즈맨 독고영수 씨의 장자 독고현수라고 합니다. 제가 갑자기 이런 편지를 드린 이유는, 병환 중에 계신 저의 아버지의 마지막 부탁 때문입니다. 아버지는 건강하실 때 늘 이런 말씀을 하셨습니다. 죽기 전 소원이 있다면 내게 감사한 인생을 선사해주었던, 감사한 은인들께 빠짐없이 감사 인사를 전하고 가고 싶구나. 그것이 아버지의 유일한 소망이셨습니다. 얼마 전 담당 의료진으로부터 아버지께 남은 시간이 길어야 한두 달이라는 이야기를 듣고, 저는 아버지의 소망을 떠올렸습니다. 그리고 의식이 혼미하신 아버지를 대신해,

뒤늦게나마 아버지의 유일한 버킷 리스트를 이루어드리기 위해 이렇게 대표님께 감사 편지를 작성하게 되었습니다.

기억 못 하실지도 모르나, 아버님은 정상문 대표님께 늘 감사한 마음을 간직하고 계셨습니다. 저는 그것을 아버지께서 남겨두신 영업 노트와 일기장을 정리하다가 알게 되었습니다. 아버지께서는 때때로 짧은 감사 일기를 쓰곤 하셨습니다. 비록 구체적인 날짜와 일화는 생략되어 있었지만 그곳에는 분명히 정상문 대표님께 대한 감사의 마음이 적혀 있었습니다. 그제야 저도 생각나는 일이 있었습니다. 제가 기억하기로는 어느 가을날, 아버지는 기분 좋게 술에 취한 채 치킨 한 마리를 사 들고 귀가하셨습니다. 그리고 제가 치킨을 맛있게 먹는 모습을 흐뭇하게 보시며 이렇게 말씀하셨습니다. 우리 정상문 대표님 말이다, 참 고마운 분이야. 혹시 내가 잊더라도 너는 잊지 말아라. 사람은 그렇게 살아야 하는 거야. 항상 베풀면서. 더 어려운 사람들을 돌아보면서. 너도 꼭 그분 같은 사람이 되어라.

그날 아버지와 대표님 사이에 어떤 일이 있었는지 저는 모릅니다. 다만 그날 아버지께서 얼마나 감사

해하셨는지, 그리고 그 감사의 마음을 잊지 않는 사람
이 되기를 제게도 가르쳐주셨다는 것만은 저는 분명히
기억합니다. 저희 아버지께서 그래도 감사한 인생이었
다, 라고 좋은 기억을 안고 돌아가실 수 있다면, 그 기억
안에는 대표님이 함께하실 겁니다. 저 역시 감사를 전
합니다.

　　이런 갑작스런 편지가 혹여 실례가 되지 않았는
지 조심스럽지만, 아버지께서 돌아가시기 전에 대표님
께만큼은 꼭 감사 인사를 전하고 싶어 하셨기에, 그 진
심을 이렇게라도 알려드리고자 편지 드립니다. 부디 건
강하시고 댁내 두루 평안하시기를 기원드립니다. 다시
한번 아버지를 대신해 온 마음을 다해 감사를 전합니다.
　　　　　　　　― 독고영수 씨의 장자 독고현수 배상

　　이것이 마감 임박 감사 세일을 위한 기본 포맷
이었다. 이 틀 안에서 좀 더 구체적인 일화를 넣기도 했
는데, 받는 사람이 바로 잘못된 기억이라고 바로잡거나
거짓임을 눈치챌 위험을 피하기 위해 누구나 한 번쯤
베풀었을 법한 사소한 친절들, 아주 사소해서 세상에,
이런 기억을 아직까지 감사함으로 간직하고 있었다니,

이 정도의 감사함을 죽을 때까지 가슴에 품고 자식을 통해 꼭 전하고 싶어 한 삶이란, 얼마나 쓸쓸하고 또 얼마나 가난한 삶이었을까, 괜히 안타까우면서 스스로의 선했던 과거를 돌아보게 만드는, 그런 정도의 일화만을 언급했다.

감사 편지는 한때나마 독고 씨와 인연을 맺었으나 독고 씨의 존재조차 모르고 생사에 관심도 없을, 사회적 지위와 경제력이 있는 사람들에게 주로 보냈고, 영업을 하면서 만난 다수의 인맥들에게는 감사 카드를, 가까운 친척들에게는 메신저를 통해 짧은 감사 인사를 보내는 것으로 대신하기도 했다. 중요한 것은 죽어가는 누군가에게 자신이 감사한 사람이었음을 일깨우는 일이었다. 그리고 오래도록 자신에게 감사한 마음을 가진 누군가가 곧, 길어야 한두 달 안에 죽을지도 모른다는 것을 알려주는 것이었다. 대부분의 보통 사람들이라면 이런 감사의 메시지를 받고 나면 생각하게 될 터였다. 누군지도 어떤 인연인지도 기억나지 않지만 이 죽음을 애도하고 싶다고. 죽기 직전까지 내게 이토록 감사하는 마음을 가졌었다는데, 마지막 가는 길에 조금이라도 애도의 마음을 표현하고 싶다고.

그러니 진짜 팔아야 하는 건 독고 씨의 가치 있는 삶이 아니라 가치 없는 삶이었다. 독고 씨는 그렇게 예비된 애도객들의 가치를 높여주는 존재가 될 때, 비로소 자신의 애도 가격을 높일 수 있게 된다. 그러므로 그들에게 상기시켜야 할 것은 독고 씨의 그래도 싼 죽음이나 그에 대한 슬픔이나 연민, 죄책감이 아니었다. 누군가에게 감사 인사를 받을 만한 인품을 지닌 과거의 자신에 대한 그리움과 뿌듯함이었다. 그리하여 독고 씨의 죽음을 통해 다시 한번 그 감사한 인간으로서의 자신과 만나게 되기를, 보여줄 기회를 희망하게 만드는 것이다.

독고 씨는 성공한 세일즈맨은 아니었지만 성실한 세일즈맨이었다. 그의 책상 서랍 안에는 두꺼운 영업 노트와 파일이 여러 개 있었고, 그 안에는 영업의 대상이 되었던 지인과 지인이 아닌 사람 들, 다양한 인맥들의 연락처와 주소, 그리고 그들에게 판매한 물건이나 만남의 기록 들이 한두 줄의 짧은 문구로 기록되어 있었다. 그것이 현수의 작업을 수월하게 해주었다. 감사 일기 같은 걸 써놓았으면 편했을 텐데, 생각하며 뒤적여 봤지만 일기장은 보이지 않았다. 하긴 뭐 그리 감사한 삶이라고. 덕분에 현수는 자신의 경험을 떠올리며 사람과 사람 사이에서 주고받을 수 있는 모든 경우의 소소한 감사를 상상해내야 했다. 현수가 타인에게 받았던 친절과 다정함은 독고 씨의 감사 카드가 되었다.

감사 인사를 받은 대부분의 사람들이, 남겨놓은 현수의 연락처로 답신을 보내왔다. 독고 씨의 병세에 대한 걱정과 위로의 말과 함께 그날이 되면 꼭 부고를 알려달라는 것이었다. 이 정도면 목적은 충분히 이룬 거였다. 어차피 크라우드 펀딩의 목표는 하나였다. 곧 독고 씨의 마감 세일이 시작됩니다. 다들 알림 설정을 해두고, 장례 알림이 울리면 바로 따끈따끈한 애도와 두툼한 봉투를 가지고 조문을 와주세요.

문제는 독고 씨가 현수가 예상한 기한 내에 죽지 않았다는 것이다. 감사 카드를 보낼 곳도 더 이상 없었다. 현수가 아는 독고 씨의 지인 중에 감사 카드를 받지 못한 사람은 두 명뿐이었다. 순정 씨와 민영. 두 사람은 애도를 받을 유족이니까 독고 씨의 감사 카드 같은 건 필요 없다고 생각했다. 그때 현수는 감사 카드를 받지 못한 한 명이 더 있다는 건 잊고 있었다. 현수 자신이었다. 그러나 그런 걸 생각할 틈도 없었다. 크라우드 펀딩의 유효 기간이 끝나가고 있었던 것이다.

애초에 장례식을 디 데이로 정한 이 크라우드 펀딩은 약속일 뿐 모금이 완료된 게 아니었다. 시간이 지날수록 애도와 감사의 기억은 엷어질 게 분명했다. 동그랑땡이 식기 전에, 모두에게 공평히 나누어진 애도의 마음이 금세 잊히기 전에, 장례 세일은 마무리 지어져야 했다. 하지만 독고 씨는 죽지 않았다. 끈질기게, 산 것도 아니지만 죽었다고는 할 수 없는 상태로, 그렇게 연명 중이었다. 그사이에 현수의 계약기간도 끝나고 말았다. 병원의 장례식장을 30퍼센트 할인가로 이용할 수 있는 혜택도 사라졌다. 죽음에도 유통기한이 있다면, 독고 씨의 죽음은 유통기한을 지나 소비 기한을 지나, 이제 다시 폐기 처리되어야 할 시기에 도달한 것 같았다.

독고 씨는 늘 이런 식이었다. 한 번도 타이밍을 제대로 맞춘 적이 없었다. 늘 시장의 유행이 끝날 무렵, 뒤늦게 유행 아이템으로 세일즈를 시작했다가 막차도 타지 못하고 마지막에 물린 사람으로 남곤 했다. 그렇게 모두의 수익률을 보장해줄 가장 밑바닥의 세일된 맨으로 존재하다가 90퍼센트 할인된 떨이로 판매되거나 그냥 폐기되고 마는 존재, 그것이 독고 씨였다. 그러니 현수가 아무리 애써봐야 독고 씨는 그래도 싼 죽음을 맞이할 운명인지도 몰랐다. 그것이 독고 씨의 죽음에 대한 공정한 가격인 것이다. 아무리 플러스로 만들려고 해봐야 어쩔 수 없는 마이너스 떨이 인생. 할인된 죽음. 세일된 맨의 죽음은 그런 식으로 완료될 것이다.

　토끼몰이는 끝났는데 왜 이놈의 토끼는 죽지도 않나. 현수는 개새끼답게 이렇게 중얼거리기도 하는 것이다.

8

　독고 씨의 장례는 현수의 계약직 근무가 끝나고도 두 달가량 지난 후에 치러졌다. 당연히 직원 할인은 받지 못했다. 그러나 사실 그것은 현수의 과한 욕심이었을 뿐, 할인 가격을 적용한다 해도 그 병원의 장례식장은 독고 씨의 장례를 치르기에는 지나치게 크고 비싼 곳이었다. 다행히 경선의 도움으로 그보다 작고 저렴한 장례식장을 빌려 클래식한 장례를 치를 수 있었는데, 대성황은 아니었지만 그래도 너무 한산해서 쓸쓸해 보이지 않을 정도는 되었다. 조문을 온 독고 씨의 과거의 동료와 고객과 동창과 이웃과 친구와 친지 들은 순정 씨와 현수에게 위로의 말을 건네며 독고 씨와 자신이 어떤 사이였는지를 들려주기도 했는데, 현수는 그들이 기억하는 추억의 대부분이 자신이 보낸 감사 카드의 내용이라는 것을 알았지만 모른 척했다.

동그랑땡은 경선의 어머니 장례식장에서 먹었던 것만 못했지만 다행히 육개장은 맛있었다. 조문객들이 식당에 앉아 소주에 동그랑땡과 편육과 땅콩 같은 걸 먹으며 독고 씨에 대한 추억을, 그 감사의 기억들을 나누는 걸 옆에서 듣고 있으면 현수의 마음속에도 괜히 감사가 차올랐다. "나는 기억도 못 하는데, 나는 다 잊어버렸는데, 세상에 그런 기억을 여태 간직하고 있었다지 뭐냐. 현수야, 네가 아주 큰일했다. 나는 그런 것도 모르고 그때 내가 보험 부탁하는 거 안 들어준 것 때문에 계속 원망하고 서운해하고 있을 줄만 알았지." "돌아가신 양반이 참 호인이었어요. 그러니 그 어려운 와중에도 그렇게 감사하는 마음을 품고 살았지. 현수야, 네 아빠 편하게 눈감으셨을 거다. 얼마나 감사한 일이니." 그런 말들, 그런 감사의 기억들의 절반은, 아니 절반 이상이 현수가 만들어낸 일화고 감사라 해도 그 이야기

를 듣고 있으면 독고 씨의 삶은 그야말로 감사로 가득
찬 삶이 되었다. 감사로 가득한 그의 죽음은 얼마나 품
위 있고 고결한가. 그를 감사한 마음과 함께 기억하는
조문객들의 애도는 또 얼마나 따뜻하고 은혜로운가. 거
짓으로 뿌린 감사는 적절한 애도로 회수되었다. 현수는
장례 첫날 받은 조의금을 정리하며 자신이 기획한 크라
우드 펀딩이 이 정도면 꽤 성공적으로 마무리되어간다
고 자축했다.

둘째 날 밤, 현수가 조문객이 뜸한 틈을 타 식당
에서 저녁을 먹고 있는데 빈소를 지키던 민영이 오더니
현수의 지인이 조문을 왔다고 전했다. 조문을 올 만한
현수의 인맥은 서너 명뿐이었고 이미 다 온 터라 누구
지, 생각하며 빈소로 가서 조문객을 맞았다. 그러나 아
무리 봐도 누군지 알 수 없었다. 절을 올린 후 현수에게
다가온 조문객이 말했다.

"이주경입니다. 낮에 전화했던 물류센터의."

누군지 알게 되니 더 당혹스러웠다. 그는 결코
조문을 올 사이가 아니었다. 사실 현수와는 일면식도
없는 사이로 단지 전화만 한 통 했을 뿐이었다. 그것도

매우 화가 난 상태로.

　　며칠 전 구직 활동을 시작하며 물류센터에서 긴급 인력을 구한다는 공고를 보게 되었다. 바로 면접 일정이 잡혔는데 당일, 독고 씨가 위급하다는 연락을 받고 병원에서 임종을 지키고 장례 준비를 시작하면서 까맣게 잊고 말았다. 그런데 오늘 오후 모르는 번호로 전화가 와서 받아보니 그게 물류센터의 관리자 주경이었다. 주경은 매우 화난 목소리로 현수를 다그쳤다. 말도 없이 면접 약속을 어긴 것뿐 아니라 자신의 연락마저 고의로 피했다고 생각하는 것 같았다. 장례 준비로 정신없는 와중에 누군가, 아마도 민영이 현수의 휴대폰을 건드려서 착오가 생긴 모양이었다. 미리 연락도 없이 면접 약속을 어긴 건 자신의 불찰이어서 현수는 사과했다. 그러나 고의로 연락을 피하고 잠수를 탔다는 건 오해라서 억울한 마음이 들었다. 그러나 주경은 현수가 어떤 말을 해도 비겁한 변명이라고 생각하는 것 같았다. 무책임한 거짓말쟁이라고, 비난을 들어도 싼 사람이라고 생각하는 것 같았다. 그래도 싼. 그것이 틀리지 않았기 때문에, 현수는 깊은 피로감을 느꼈다. 왜 나는 아버지의 장례식장에서마저 이런 오해를 받고 해명을 해야 하는 걸까. 이 모든 게 너무 피곤하게 느껴졌다. 현수는 그냥 다 그만 두고 싶었다. 성실한 삶, 커리어, 그런 게 애초에 있지도 않았지만 조금이라도 가능했다면, 조금이라도 더 나은 삶으로 나아갈 수 있는 가능성이란 게 있었다면, 더 이상 아무 기대도 못 하게 싹을 밟아버리고 싶었다. 인생의 한구석에 균열이 생기고 물이 새고 어딘가 망가지고 있다면 더 완전히 망가뜨리고 싶었다.

"사람이 살다보면 피치 못할 사정이라는 것도 있는 법입니다. 저보고 더 이상 도대체 뭘 어쩌란 말입니까?"

사실 그건 주경에게 하고 싶은 말이 아니었다. 현수가 스스로에게, 죽은 독고 씨에게 하고 싶은 말이었다. 기대만큼 흥행에 성공하지는 못했지만 이 정도면 나쁘지 않은 장례였다. 그런데 나는 왜 이토록 마음이 무거운가. 왜 나는 계속 독고 씨에게 공정하지 못했다는 기분이 드는 걸까. 왜 나는 여전히 그래도 싼 인생을 벗어날 수 없다는 생각에서 벗어날 수 없는 걸까. 독고 씨의 죽음을 팔아먹을 생각을 한 것으로, 결국 독고 씨의 그래도 싼 유산을 스스로 착실히 넘겨받은 것은 현수 자신이었다. 그러니 탓할 수 있는 건 자신뿐이었다.

나는 왜 이딴 식으로 싸구려인가. 왜 나는 아버지의 죽음 앞에서 제대로 슬퍼하지도 못하고 장례식 비용과 화장 비용과 장지 비용, 경선에게 얼마의 수고비를 주어야 적당할지와 조의금의 최종 액수 따위를 계산해보고 있는 것일까. 도대체, 내가 더 이상 뭘 어떻게 해야 슬플 때 제대로 슬퍼만 하고 애도해야 할 때 제대로 애도만 할 수 있는, 애도 앞에서 가성비나 따지는 이따위 그래도 싼 인생에서 벗어날 수 있게 되는 걸까. 그러니까.

"네? 말씀 좀 해보세요. 제가 도대체 뭘 어떻게 해야 한단 말입니까? 아니 그러니까 씨발, 누구나, 누구나 피치 못할 사정이란 게 있는 거 아닙니까?"

저도 모르게 격앙된 현수의 음성에 주경도 발끈해버린 것 같았다. 휴대폰 너머에서 역시 성난 목소리가 건너왔다.

"피치 못할 사정이라니, 뭐 누가 죽기라도 했나요? 그런 게 아니면 약속은 지키셨어야죠."

짧은 침묵 끝에 흡, 하고 숨을 들이키는 소리가 들렸다. 그것은 현수의 상황을 모르고 한 말이겠지만 그런 말은, 어떤 가능성만으로도 절대 해서는 안 되는 말이었던 것이다. 현수보다도, 그 말을 내뱉은 주경이

무신경하게 튀어나와버린 자신의 말에 더 놀라 어쩔 줄
몰라 하고 있다는 것을 현수는 느낄 수 있었다.

"아니 제가 방금 한 말은……."

사과를 하려는 것 같았다. 그러나 현수는 그런
말을 내뱉고는 사과하는 것으로 그 실수를 덮을 수 있
는 기회를 주고 싶지 않았다. 어떻게 말해야 주경이 더
자책할지 현수는 알았다. 그래서 주경이 말을 잇기 전
에 얼른 대답했다.

"제가 지금 아버지 상중이라서요, 이만 전화를
끊어야겠네요."

그게 끝이었다. 혹시 다시 전화가 오거나 사과
메시지가 오지 않을까 했는데, 더 이상 연락은 오지 않
았다. 차라리 마음이 편했다. 섣불리 사과하려 했다면
더 나쁜 말들을 돌려줄 생각이었다. 그런데 어떻게 알
고 여기까지 온 걸까. 이력서에 적힌 과거의 근무처들
을 보고 수소문해서 알아낸 걸까. 계약직으로 근무했던
곳에는 부친상을 당했다고 별도로 알리지도 않았는데
도대체 어떻게 여기까지.

"삼가 고인의 명복을 빕니다."

주경이 현수의 앞에서 아주 깊숙이 고개를 숙여

인사를 건넸다. 현수는 한참을 숙인 채 고개를 들지 못
하는 주경의 목덜미와 그 아래 고양이가 그려진 양말을
보았다. 그리고 하늘색 체크무늬 셔츠와 베이지색 면바
지도. 퇴근 후에 바로 달려왔는지 조문객으로서는 적절
하지 못한 차림이었다. 물류센터에서 이 외진 장례식장
까지 오려면, 자기 차량이 없다면 최소한 한 시간 반 넘
게 버스를 두 번은 갈아타며 와야 했을 것이다. 저녁은
당연히 못 먹었겠지. 피곤하고 배도 고플 텐데. 시계를
보니 저녁 여덟 시가 넘어 있었다. 현수는 신발을 신는
주경을 보며 말했다.

　"저녁 드시고 가세요. 육개장이 먹을 만해요."

　그러나 주경은 괜찮다며 고개를 저었다. 그렇다
면 굳이 더 권유하고 싶은 생각은 없었다. 주경을 배웅
하러 로비로 나가는데 소파에 기력 없이 앉아 있는 민
영이 보였다. 민영이 오늘 하루 종일 아무것도 먹지 않
은 게 생각났다. 순정 씨가 몇 번 부탁하다가는 포기하
고 조문 온 현서 이모를 배웅하러 자리를 비운 터였다.

　"너도 뭘 좀 먹어야지."

　현수의 말에 민영은 대답도 하지 않고 불안정하
게 몸을 흔들며 손톱만 물어뜯었다.

"제발 좀. 먹는 것 정도는 네가 알아서 해주면
안 되겠니."

독고 씨의 죽음에 대해 제대로 애도하지 못한
슬픔이, 이런 식의 급작스러운 분노로 차오른다는 것
을 현수는 알았다. 그러나 참아지지 않았다. 참고 싶지
도 않았다. 제 생명을 저 혼자 감당하지 못하는 민영의
무게가, 온전히 현수가 짊어져야 할 무게처럼 느껴졌다.
생명이 두 개가 되면 그 생명 가격은 더 올라야 할 텐데
민영의 무게만큼, 자신의 생명의 공정가격은 더 형편없
이 낮아지는 것만 같았다. 중저가에서 저가로, 초저가
로. 그러다가 그렇게 떨이 인생이 되어버리겠지. 자꾸
만 그런 생각만 들었다. 생각해보면 독고 씨의 묘비명
으로 생각했던 토사구팽에서 팽 당해야 하는 사냥개는
독고 씨가 아니라 현수였다. 토끼몰이가 끝났으니 이제
사냥개를 잡아야 하는 시간인지도 몰랐다.

"그러고 보니 배가 고픈데, 밥을 먹고 갈까 봐요."

옆에서 머뭇거리던 주경이 불쑥 그렇게 말하더
니 민영에게 다가가며 부탁했다.

"혼자 먹기는 좀 그런데, 저 밥 먹는 동안 같이
있어줄래요?"

주경이 민영의 팔짱을 끼며 일으키자 민영도 어쩔 수 없다는 듯 따라 일어섰다. 두 사람이 같이 식당으로 들어가는 모습을 현수는 뒤에서 가만히 바라보았다.

잠시 후, 경선에게 들었는지 뒤늦게 조문을 온 이전 병원의 관리팀장을 데리고 현수가 식당에 가보니 주경이 민영과 나란히 앉아 육개장을 먹고 있었다.

"먹을 만해요?"

현수가 묻자 주경이 웃으며 말했다.

"먹어본 장례식장 음식 중에 제일 맛있어요."

그게 뭐라고, 이상하게 그 말이 그 어떤 말보다 위로가 되었다. 주경은 독고 씨가 어떤 사람인지도 모를 텐데, 그 말이 꼭 독고 씨의 죽음이 좋은 죽음이었다고, 가치 있는 죽음이라고 말해주는 것 같았다. 그러니 너무 미안해하지 않아도 괜찮다고. 동그랑땡을 싸주며 맛있게 먹어주면 나야 고맙지, 했던 경선의 마음에 대해 현수는 생각했다. 누군가의 무덤에 꽃을 피워주고 싶었던 마음 또한. 돌이켜보면 감사 카드를 쓰던, 독고 씨가 아는 모든 인연들에게 감사 인사를 전하던 수고로움은 현수의 진심이었다. 거짓된 감사라 해도 현수가 생각할 수 있는 세상의 모든 감사를 모아 독고 씨의 삶

과 죽음을 축복하고 애도하고자 했던 현수의 마음만큼
은, 진심이었다.

"이 동그랑땡도 정말 맛있네요. 민영 씨도 먹어
봐요."

주경이 민영에게 동그랑땡을 건네주자 주경의
휴대폰으로 무언가를 정신없이 보던 민영이 무심결에
그것을 받아서는 입에 넣었다. 그리고 꼭꼭 씹어 먹기
시작했다.

그날 밤, 조문객들도 모두 떠나고 어두운 식당
한구석에서 동그랑땡을 안주 삼아 혼자 소주를 마시며
조의금을 정리하는데 주경에게서 문자가 왔다. 혹시 괜
찮으면 장례식장 건물 밖 벤치로 민영과 함께 잠깐만
나와 달라는 거였다. 밤 열한 시를 막 넘긴 시간이었다.
갑자기 무슨 일인가 싶어 민영에게 넌 무슨 일인 줄 아
니? 했더니 민영은 테루가 왔나 봐, 했다.

"테루라니?"

"주경 언니 고양이 말이야. 내가 아까 영상 보고
딱 한 번만 쓰다듬어보고 싶다고 했거든."

"넌 무슨 그런 부탁을."

현수의 타박에 금세 풀이 죽은 민영이 덧붙였다.

"일부러 아니고. 데리고 집에 가는 길에 잠깐 들를 수도 있다고 그랬단 말이야."

그렇다 해도 이 밤중에, 이 시간에 여기까지 일부러 다시 온다고? 설마 하며 현수가 민영과 함께 나가 보니 벤치 곁에 위아래 검은 옷으로 갈아입고 온 주경이 고양이가 든 가방을 안고 서 있었다.

"어떻게 여길 다시?"

현수가 묻자 주경이 별거 아니라는 듯 가방 속 고양이를 가리키며 말했다.

"집에 보일러가 고장 나서 친구네 맡겼었거든요. 데려오는 길이 마침 지나는 길이어서 잠깐."

지나는 길이라니. 그럴 리가 없었다. 아니, 그 말을 믿는다 해도 굳이 옷까지 갈아입고 다시 들를 이유는 더욱 없었다. 민영이 허리를 굽혀 가방 안을 들여다보자, 주경이 가방의 지퍼를 좀 더 열고는 민영이 고양이를 잘 볼 수 있도록 해주었다. 민영이 물었다.

"쓰다듬어봐도 돼요?"

"그건 저도 모르겠어요. 테루가 허락해줄지 한번 물어볼까요?"

두 사람이 벤치에 나란히 앉아 고양이를 보며 속닥이는 모습을 현수는 가만히 바라보았다. 테루가 허락했다고 생각했는지 민영이 고양이를 쓰다듬으려 손을 올렸다가는, 고양이가 가르릉거리는 소리에 얼른 손을 거두었다. 두 사람은 다시 허락을 구하는지 고양이 위로 머리를 맞대고 작게 키득대며 속삭이기 시작했다.

이런 애도를 현수는 생각도 해본 적 없었다.

세상에는 이런 애도도, 이런 생각해본 적도 없는 선의도 있는 거라는 걸 현수는 처음 알게 되었다. 아무 대가를 바라지 않는, 그렇게까지 할 이유가 없는데 애써 하는, 어떤 가격을 매겨도 공정하지 않은 완벽히 불공정한 선의.

어쩌면 누군가의 '그래도 싼' 인생은, 본인이 무언가를 이루어서가 아니라 이렇게 아무 관계 없는, 이유 없는 타인의 완전한 선의에 의해서 다른 의미의 '그래도 싼' 인생이 될 수도 있는 게 아닐까, 현수는 먹먹히 그런 생각을 하기 시작했다. 아무리 비싼 가격을 매기더라도 그래도 싸다, 그래도 싸, 라고 중얼거리게 되는 한 사람 몫의 공정. 그러니 현수뿐 아니라 그 누구도 타인과 자신의 인생에 함부로 싸구려 인생이라는 가격표

를 붙여서는 안 되는 것이다. 그런 것은 결코 누구에게
도 허락되어서는 안 되는 것이다. 그렇게 독고 씨의 죽
음은 오늘 밤, 낯설고 온전한 선의에 의해 새로운 의미
를 부여받은 '그래도 싼' 죽음이 된다.

　　자신의 삶과 죽음에 가능한 애도*란 없을 거라
고 현수는 생각했다. 그러나 어쩌면, 90퍼센트 파격 할
인된 애도라면, 더 많은 사람들이 싼값에 소유할 수 있
는 애도라면 가능할지도 몰랐다. 그것을 위해서는 지금
부터 천천히 사냥개의 공정가를 높이는 장례 세일을 준
비해야 하는 건지도. 여전히 가격 경쟁에서 벗어날 줄
모르는 순응적인 이런 성급한 긍정이 지긋지긋해질 날
은 또 올 터였다. 사적 깨달음에 그치는 삶, 그럼에도 더
나은 공적 애도를 꿈꾸는 삶, 무언가를 외면하는 것으
로 가능해지는 '어쩔 수 없는' 안도감과 선생님께 참 잘
했어요 도장을 받기 위해 쓰는 교훈 가득한 감사 일기
같은 감상주의의 허무함과 부정의. 그런 거라면 현수도

* '가능한 애도'라는 표현은 주디스 버틀러의 『지금은 대체 어떤 세계인
가』에서 빌려온 것으로, 현수는 장례가 끝난 후 그 책을 읽고 애도
가능성에 대한 자신의 생각을 정리할 수 있었다. 주디스 버틀러, 『지
금은 대체 어떤 세계인가』, 김응산 옮김, 창비, 2023.

알고 있었다. 너무 잘 알았다. 그러나 오늘 밤만큼은 독고 씨의 죽음과 함께 세상의 모든 '그래도 싼' 죽음을 모르는 자의 선의로 다만 애도해보고 싶어지는 것이다. 그러니 순정 씨처럼 이렇게 말해봐도 좋으리라. 토 달지 마, 내 애도의 값은 내가 결정한다.

마침내 테루가 허락했는지 민영이 조심스레 고양이의 등을 쓰다듬기 시작했다. 주경이 그 모습을 보다가 현수에게도 가까이 오라고 손짓했다. 현수는 두 사람과 한 고양이가 만들어내는 고요한 애도의 풍경 속으로 들어가며 내일 발인이 끝나고 나면 조문객들에게 감사 인사를 전하고, 마지막으로 순정 씨와 민영, 그리고 자신을 위한 긴 감사 편지를 써야겠다고 결심했다. 그것이 독고 씨의 죽음 비용을 가장 공정하게 정산하는 마지막 감사 세일이 될 터였다.

테레사와 나의 오리무중

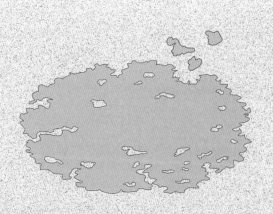

1

「테레사의 오리무중」의 마지막 장면은 이렇게
끝날 예정이었다.

테레사는 삼백만 원을 갚지 않고 사라졌다. 몇
달 후 주경은 오리 배 선착장에서 아르바이트 중인 테
레사와 마주친다. 주경을 발견한 테레사는 오리 배를
타고 열심히 페달을 밟아 도망치기 시작하고, 주경 역
시 오리 배를 타고 테레사를 쫓아간다. 테레사는 소리
친다. 곧 갚을 테니 쫓아오지 마요. 그 소리는 주경에게
들리지 않는다. 주경은 테레사를 아주 천천히 쫓아가
면서 중얼거릴 뿐이다. 갚지 마라 갚지 마라. 이대로 영

원히, 그냥 내가 계속 테레사의 행방을 쫓을 수 있도록 갚지 마라. 그러나 그것을 모르는 테레사는 열심히 오리 배의 페달을 밟고, 강 한복판에 이르러 방향을 바꾸려다가 계속 제자리에서 빙글빙글 도는 것으로 끝이 난다. 나는 그 장면이 좋다. 오리 배를 탄 테레사가 계속 열심히 페달을 밟고 그러나 오리 배는 어디로도 나가지 못하고 강 한복판 제자리에서 빙글빙글 돌고, 그리고 그 모습을 멀찍이 떨어진 오리 배에서 바라보는 주경의 모습이.

그런데 왜 그렇게 되지 않았느냐면. 단편이 끝나기 전에 테레사에게 돈을 갚을 기회를 주고 싶었던 거겠지. 내가 좋아하는 오리 배 안의 테레사는 이렇게 쓰지 않은 페이지 속에 남겨두고.

2

그것은 일종의 회피 성향과 관계 있을지도 모른다. 단편 안에서 어떻게든, 그래서 그들은 행복하게 살았답니다, 와 같은 동화 속 꽉 닫힌 결말까지는 아니더라도, 어떻게든 조금은 나은 것, 선한 것, 좋은 것을 주고 끝내고 싶은 마음이 만들어낸. 불편한 것을 불편한 상태 그대로 놓아두는 것을 용납하지 못하는 식의 회피. 그것이 대체로 뻔하거나 성급한 결말에 이르게 한다는 것을, 인물들이 무언가를 깨닫거나 알게 하는 방식의, 어릴 적 칭찬받기 위해 쓰던 독후감처럼 교훈적인 형식을 띄는, 다소 유치해 보이는 서술을 하게 만든다는 걸 아는데—그래서 다음에 쓸 단편에서는 그런 류의 소설이나 이야기를 끔찍이 싫어하고 부정하는 인물이 나오기도 하는데—그럼에도, 소설 속 인물들에게 무언가(내가 줄 수 있는 기간 한정 다정과 같은) 좋은 것을 건네주기 전에는 단편을 쉽게 끝낼 수가 없다. 그러다 보니 분량은 길어지고, 그래서 제발, 단편을 단편답게 쓰는 법을 익혀야지, 긴 꼬리를 좀 잘라내야지, 하는데 그러다가 또 자꾸만 꾸역꾸역 동그랑땡 같은 것을 자꾸 빚어 먹이려고 아등바등하는 것이다. 막상 먹는 사람은 배도 부르고 기름지고 느끼해서 별로 먹고 싶지 않아요, 할지도 모르는데 내가 정성껏 만든 거니까, 내 입에는 맛있으니까 더 먹어라 더 먹어, 하는 고정관념 속의 할머니의 마음으로다가.

삼백만 원을 갚은 후의 테레사는 또한 이런 이야기가 될 예정이었다.

마지막 장면에서, 혼자 앉아 있는 주경의 곁에 누군가 다가온다. 주경은 돌아보지 않아도 알 수 있다. 테레사 코다. 주경은 테레사 코와 함께 조금 더 바다를 바라보다가, 바다와 모래를 반씩 닮아 까칠하고 성가신데다 먼 바다의 비린내가 나는 테레사 코의 축축한 손을 잡고 함께 일어선다. 내일 출근하려면 더 늦기 전에 집으로 돌아가야 하니까. 목구멍이 포도청이니까. 주경이 그 말을 하는데 곁에서 테레사 코도 똑같이 중얼거리는 바람에 두 사람은 서로를 꼬집으며 찌찌뽕을 외친다. 그러자 목구멍 깊숙이 한 번도 먹어보지 않은 달짝지근한 포도청의 맛이 올라오는 것 같아 주경은 입맛을 다시며 침을 꿀꺽 삼킨다. 그런 이야기다.

나는 두 사람이 찌찌뽕을 외치는 장면이 좋다. 그리고 이 마지막 장면은 지하철의 테레사보다 좀 더 희망적이다. 그래서 나는 이 장면과 지하철에서 주경이 지친 테레사와 마주치는 장면 사이에서 여러 번 고심하다가, 결국 덜 희망 쪽을 선택해버린다. 테레사를 끝까지 오리무중의 상태로 남겨두기 위해서. 혹은 성급한 긍정적인 결말을 지향하는 것이 '덜 문학적'으로 보일지도 모른다는 자신의 불안감으로부터 도망치기 위해. 그리고 나는, 이 에세이까지 다 쓴 후의 교정 과정에서, 예정했던 결말 부분은 아니지만 기어코 본문에 찌찌뽕을 외치는 장면을 넣고 만다. 끝날 때까지 어떤 것도 진짜 끝나지 않는다.

4

나는 많은 것을 하지 않은 상태로 남겨두는데, 오늘 내가 하지 않은 것에는 이런 것이 있다.

─열심히 쓰기
─열심히 읽기

그 두 가지는 사실 오늘이 아니라, 한 달에 29일 정도 반복되는 일이다. 다행히도 한 달에 하루 정도는 오

늘 꽤 괜찮은 작업을 했다, 라고 스스로 만족하는 날도
있으니 그날을 제외하면 대체로 해야 하는 일을 하지 않
은 채 하루가 지나간다. 그러나 그래도 된다, 라고 나는
생각한다. 그래도 된다. 이 두 개를 하지 않았다는 건 사
실 하지 않은 두 가지를 제외하고는 대체로 무언가를 했
다는 이야기이다. 산책도 했고 가족들과 시간을 보내기
도 했고, 장도 봤고 오래전부터 봐야지 했는데 보지 못한
영화나 드라마를 보기도 했다. 해야 하는 것들을 조금씩
내일의 나에게 남겨둔 채로 하루하루 지나가도 된다. 그
래도 된다. 나는 내게 그래도 된다고 중얼거린다. 그러나
하지 않는 많은 것 사이에서도 내가 항상 하는 것, 그것
도 아주 잘하는 것도 있다. 그것은 '무리하지 않기'이다.

　　　제대로 무리해본 적도 없으면서, 나는 요즘의
읽고 쓰고 살아가는 내 생활의 원칙을 '무리하지 않기'
로 삼아버린다. 하루에 얼마의 분량을 써야지 하는 생
각도 하지 않는다. 그냥 마감만 지키면 되는데 올해 내
게 주어진 실질적인 마감은 단 세 번이기 때문에 그것
은 다행히 어렵지 않은 일이고. 그래서 그냥 쓰고 싶은
것을 쓰고 싶은 만큼만 쓰면서 지낸다. 지금은 계약직
이 끝나고 일을 쉬고 있으니까 맘껏 여유롭지만 일을

할 때는 일하는 주 5일간은 시간을 내어 글을 쓰거나 글을 써야지, 라는 생각을 아예 지워버린다. 그것은 무리, 라고 말한다. 그것은 무리니까 욕심내지 않고 글은 쉬는 이틀 동안 몰아서 쓰면 되지, 라고 생각해버린다. 그렇다고 해서 쉬는 이틀 간을 모두 글을 쓰는 데 보낼 수는 없다. 가야 할 곳도 있고 쉬고 싶기도 하고 몸이 안좋을 때도 있고 또 그냥 글이 안 써질 때도 있다. 그러나 그렇더라도 그래도 된다, 라고 생각하기로 한다. 무리하지 않고, 그냥 글 쓰는 일이 얼마나 즐거운지, 얼마나 감사한 일인지, 언제나 쓰고 싶은 상태를 잃지 않는 것이 내게는 더 중요하다.

이 정도면 괜찮다. 나쁘지 않은 것으로는 아무것도 되지 않는다고 나는 언젠가 소설 속에서 말한 적 있지만, 실은 그 무엇이 되지 않아도 괜찮다. 나쁘지 않은 상태로, 계속 되어가는 상태로 머물러도 괜찮다. 이렇게 무리하지 않은 채 삼십 년 정도 더 쓰면 좋겠다 생각하고 그러니까 지금 무리하면 안 돼, 라고 편하게 생각해버린다. 충분히 휴식하고 아주 천천히, 쓰고 싶고 써야하는 것을 쓰고 돌아보아야 할 것들을 돌아보면서, 가야하고 닿아야 할 이야기가 있다면 그 이야기가 한 사람을 위한 글이거나 백 사람을 위한 글이거나 똑같은 무게라는 걸 놓치지 않고 다만 잘 닿기를 바라면서, 또 글 속에서나 글을 쓰기 위해 나와 주변인들, 다른 누구의 삶도 무리하지 않도록 하면서, 그냥 딱 나의 속도와 글의 속도가 건강하고 친절하게 같이 오래갔으면 하는 마음이다. 무리하지 않아도 된다는 게 얼마나 큰 행운인지 잊지 않으면서. 그러고 보면 내 꿈은 장수 만세인가 싶기도 한데.

5

내가 무리해서라도 넣고 싶었으나 넣지 못한 장면 중에는 이런 것도 있다.

「장례 세일」의 민영에게는 한 명의 조문객도 없다. 사회생활을 해본 적 없고 학창 시절의 친구들과의 연락도 다 끊어진 상태기 때문이다. 처음 주경이 왔을 때, 현수는 그가 자신의 조문객이라는 걸 알아보지 못하기 때문에, 민영은 혹시 자기 때문에 온 조문객인가 했다가 실망하고 만다. 독고 씨를 위해 할 수 있는 애도

가 자기 몫의 한 사람 분밖에 안 된다는 것이 민영을 슬
프게 한다. 자기에게 주어진 애도의 몫을 다하지 못했
다는 죄책감도 든다. 민영은 주경과 함께 고양이 테루
의 영상을 보다가 그 이야기를 하게 되고, 주경은 약속
한다. 다음에는 민영 씨의 지인으로 조문을 올게요. 민
영이 힘없이 웃는다. 그 말은 좀 무서운데요. 누군가 또
죽어야 한다는 거잖아요. 그런데 그날 밤, 주경이 고양
이 테루와 다시 장례식장을 찾아온다. 이번에는 민영의
지인으로 독고 씨의 죽음을 애도하기 위해. 이 이야기
도 넣고 싶었는데, 장례식장 풍경이 너무 길어져서 생
략하고 말았지만, 두 번째 주경의 방문에는 민영의 애
도의 몫을 함께 나누고자 하는 마음이 있었다는 걸 이
렇게라도 덧붙인다.

6

　　장례식장 장면에서 가장 고민한 것 중 하나는,
고양이 테루를 인간을 애도하기 위한 수단으로 이용하
는 것처럼 보이지 않도록 하는 거였다. 나는 내가 고양

이가 있는 세계에 속한 사람이 아니기 때문에, 계속 이
부분을 잘못 묘사하고 있는지 모른다는 생각을 했고,
일부러 테루와 외출한 게 아니라 어쩔 수 없는 이동 중
에 조금 길을 돌아갔을 뿐이라는 걸 말하게 하는 것으
로, 허락이라는 표현을 쓰는 것으로, 어떻게든 그런 함
의를 지워보려 했다. 그러나 여전히, 고양이에 대해 이
야기하는 것은 내게 아직 허락되지 않은 섣부른 일이었
다는 생각을 한다.

7

내가 쓰지 않은 소설 속의 테레사는 또한 이런
이야기가 될 거였다.

이 이야기에는 대출업체의 추심팀에서 일하는
삼십대의 남자 도경이 등장한다. 도경은 서울역 근처의
만화 카페에서 테레사를 만나게 된다. 돈 삼백만 원을
빌리고 잠적한 지 삼 개월 만의 검거였다. 테레사에게
빌린 돈을 갚으라고 하자 테레사가 말한다. 그 돈을 빌
린 건 테레사의 두 번째 자아, 성 테레사 자매님이라고.

그러니 돈을 받고 싶으면 함께 자매님을 찾아다니자고. 그렇게 해서 처음 간 곳이 주경의 집 앞이다. 최초의 자아 분리가 주경의 말 때문에 시작되었기 때문에 성 테레사가 어떤 식의 복수를 꿈꾸며 그곳으로 갔으리라고 테레사는 추측했다. 나는 돈 삼백만 원을 찾기 위해 주경의 집으로 향하는 도경과 테레사, 동아이발소와 장미와 나비 다방, 세련의상실 같은 낡은 간판들이 그대로 붙어 있는 허름한 동네를 지나 주경의 집이 있는 언덕길을 땀을 뻘뻘 흘리며 오르는 두 사람을 본다. 그러나 주경의 집이 보이는 언덕길 중간에서, 테레사는 길을 틀어 옆으로 내려가더니 낡은 운동기구들이 있는 작은 시민 공원에서 삐걱이는 하늘걷기 운동기구를 타기 시작한다. 그리고 성 테레사는 주경의 집에 오지 않았을 거라고 말한다. 그걸 왜 이제야, 도경은 어이없어 하지만 테레사는 뻔뻔하게 말한다. 와봤으니까 알게 된 거라고. 오지 않았다면 여기에서 성 테레사를 만나지 못했으리란 건 결코 몰랐을 거라고.

테레사는 원래 도경이 관리하던 고객이었다. 처음에 테레사는 독촉 전화를 여러 번 피하곤 했는데, 어느 날 피곤한 도경이 제발, 전화만 제때 받아달라고, 전

화만 제대로 받으면 여러 번 독촉 전화를 할 일도 없다
고 사정하자 그다음부터는 꼬박꼬박 전화를 받기 시작
했다. 어떤 날은 웹소설을 연재하기 시작했다면서 대박
나면 매달 조금씩이 아니라 한 방에 남은 빚을 다 갚을
수 있을지도 모른다고 신나게 떠들어대기도 했다. 때로
는 추리소설과 관계된 이야기를 풀기도 했는데, 자신에
게 이런 빚을 떠넘기고 사라진 엄마와 엄마의 남자 친
구를 찾아내어 빚을 받아야 하는 사채업자와 함께 살인
공모를 한다는 줄거리였다. 이제 테레사는 독촉 전화를
하면 기다렸다는 듯이 전화를 받았고 때로는 다음에 풀
어내야 할 전개가 막힌다며 도경에게 아이디어를 내달
라고 부탁하기도 했다. 도경은 테레사의 추리소설이 성
공하기를 바라며 자신의 의견을 더해주기도 한다. 어쩐
지 도경은 테레사가 빚을 다 갚기를 원하면서 또한 영
원히 빚을 갚지 못하기를 바라게 된다. 두 사람은 채무
자와 채권자의 관계를 떠나면 아무 사이도 아니기 때문
에. 그러던 어느 날, 전화를 받은 테레사는 남은 삼 개월
분의 빚을 한 번에 다 갚을 수 있게 되었다며 빚을 다
갚은 기념으로 술을 사 달라고 한다.

  그렇게 두 사람은 마포의 돼지갈비집 야외 테이

블 같은 곳에서 처음 만나게 된다. (나는 테레사의 흰색 리넨 셔츠에 배인 돼지갈비 냄새를 맡는다) 테레사는 자신의 추리소설이 낸 수익으로 빚을 갚았다고 말한다. 그러나 테레사가 모르는 사실이 있다. 도경은 테레사가 연재하는 추리소설의 유일한 구독자였다. 테레사의 글에는 늘 하나의 하트와 하나의 댓글만이 남겨져 있었는데, 그 유일한 독자가 도경이었던 것이다. 그러니 그 소설로 테레사가 얻을 수 있는 수익이란 거의 없다는 것을 도경은 안다. 그런데 테레사는 갑자기 어떻게 대출 빚을 다 갚을 수 있게 되었을까.

그렇게 술친구가 된 어느 날, 테레사가 다시 생활비를 위해 대출업체에서 돈을 빌려야겠다고 말하고, 그 고백을 들은 도경이 개인적으로 삼백만 원을 빌려준다. 그 후 잠적한 테레사와 다시 만나 두 사람은 같이 성 테레사를 찾아다니게 된 거였다. 그러던 중 두 사람이 성 테레사의 행방을 쫓으며 일어나는 일은 테레사의 추리소설에 조금씩 각색된 상태로 연재되는데, 대부분은 소설 속에서 먼저 일어난 일들을 현실에서 재현하는 방식으로 진행된다. 그러던 어느 날, 테레사의 추리소설 안에서 살인사건이 일어나게 된다. 현실은 늘 그 추리소설을 모방하는 것으로 전개되어 왔다. 그렇다면, 도경은 아직 알지 못한다. 자신이 소설이 재현된 현실 안에서 피해자인지 살인자인지. 그러나 분명한 건 그 둘 중 하나라는 사실이다.

　　아니다. 뒷부분의 살인사건 이야기는 지금 쓰면서 만들어낸 것이고. 사실 애초에 계획했던 건 그 앞부분까지, 두 사람이 같이 성 테레사 자매님을 찾아다니며 자아를 찾아다니는 이야기였다. 그리고 도경과 테레사 역시 앞의 1에서 밝힌 바대로, 오리 배 선착장에서 마지막으로 마주치게 될 거였다. 테레사가 삼백만 원을 곧 갚을 테니 조금만 기다려 달라고 말해도 도경은 거부한다. 당신은 성 테레사가 아니다. 나는 성 테레사에게 받을 돈이 있다. 성 테레사는 없다고 말해도 도경은 믿지 않는다. 그리고 돌아서던 도경은 저기, 강 건너편에 성 테레사가 지나간다고 외치고, 성 테레사는 없다고 말하던 테레사는 도경의 말에 오리 배를 타고 성 테레사를 쫓아 강을 건너기 시작한다. 그 뒷모습을 보며 도경은 중얼거리는 것이다. 갚지 마라, 갚지 마라. 영영 이렇게 쫓아다닐 수 있도록. 그러니까 이런 이야기가 될 수도 있었다. 어쩌면 이편이 더 재미있지 않았을까?

나는 「테레사의 오리무중」을 다 쓰고 나서 생각해두었
던 다른 전개 방식, 아마도 발표한 소설에서 언급하지
않은 다섯 번째나 여섯 번째 성 테레사와 다른 테레사,
그리고 도경과 주경의 이야기를 이렇게, 혹은 다르게
다시 쓸 예정이었다가, 그냥 하지 않은 채 남겨두고 만
다. 왜냐하면 매우 조마조마하며 발표해도 될까를 마지
막까지 고민해온 글에 한 독자분이 재미있게 읽었다는
댓글을 남겨주셨고, 그러자 그것으로 마침내, 테레사의
이야기는 완성되었던 것이다.

8

나는 딱 한 번, 소설 쓰는 사람이라고 나를 소개
한 적 있는데, 그것은 한 문학 채널의 팟캐스트 녹음을
하면서였고, 대부분의 작가분들이 그렇게 소개를 해온
관례를 따른 것이었다. 내가 또 그렇게 내 소개를 할 수
있다면, 내가 계속 그렇게 소개할 수 있다면, 그건 내가
쓴 것들 때문이 아니라 내가 아직 쓰지 않은 소설들 덕
분이라고 생각한다.

　　사실 여기 실린 세 편의 단편은 문학과 나의 띄엄띄엄한 관계에 대한 이야기이기도 하다. 백 퍼센트가 아니어도 멈추지 못하는 진심 안에서 결코 무리하지 않으면서, 욕심들 앞에서 그건 무리야, 아주 무리지, 라고 스스로에게 소설 쓰기를 계속 허락하기 위해 애써 찾아낸 주문을 중얼거리면서, 천천히 아껴 쓰며 사는 일. 그것은 조금도 무리가 아닐 거라고, 나는 이곳에 쓴다. 그리고 나는 내가 쓴 것을 믿기로 한다.

자아를 분리한 노동자와,
그들의 연대 가능성

— 선우은실(문학평론가)

자본에 저항하지 않는 노동자

박지영의 소설 속 일하는 사람들은 노동에 헌신한다. 이들에게 노동은 그저 생계유지의 측면에서만 아니라 자기의 인간적 가치를 진단하는 만능 척도이거나, 피할 수 없이 삶의 가치 판단에 침투하는 최종 심급이다. 요컨대 인물들에게 삶의 가치와 노동의 가치는 그 중요성이 전도되어 있다. 삶의 여러 가치 가운데 노동이 존재하는 것이 아닌, 모든 삶의 가치가 노동 아래로 바쳐지기 때문이다. 가령 부친의 죽음에 대한 애도는 장례 산업 종사자의 세일즈로 활용되고(「장례 세일」), 고양이에 대한 '취향'은 비정규직과 정규직 사이의 넘어설 수 없는 구분선으로 작동하며(「올드 레이디 버드」), 개인의 자아는 업장에서 일할 때 방해되지 않도록 통제된다(「테레사의 오리무중」). 이렇듯 박지영 소설의 인물들에게 노동자로서 경험은 단순 '체험'이 아니라, 곧 자기의 정체성이나 자기 삶의 가치를 압도적으로 좌우하는 요소로 작동하며, 그렇기에 이들에게 '어떤 노동자인가' 하는 물음은 자신의 일부를 넘어 전체 가치에 대한 증명과 직결돼 있다.

그런 점에서 박지영의 세 소설을 '노동소설'이라고 불러도 좋을 것이다. 그런데 기존 노동소설이 자본에 적극적으로 대항하는 인간의 구도를 띠고 있음을 고려한다면, 박지영 소설 속 인물들이 자본적 기율—이윤, 효율, 능력주의와 같은 것들—로 인해 자신의 삶이 부족한 것으로 정의되는 것에 대해 크게 저항하지 않을 뿐더러 이 처세가 각기 다른 형식으로 전개된다는 점은 단연 눈에 띈다.

「장례 세일」에는 '죽음 앞에서 비용을 따지지 않는 것이 애도'라는 메시지를 판매함으로써 아버지 독고 씨의 죽음을 "수익성 높은 사업"으로 환수하려는 현수가 등장한다. 그에게 독고 씨의 죽음은 그가 일하는 장례 업체에서 계약기간이 끝나기 전에 직원 할인을 받기 위해 '때맞춰' 일어나주기만 한다면 경제적 이득을 볼 수 있는 '판매 사례'로 취급된다. 또한 독고 씨의 불행한 삶과 죽음은 주변 사람들에게 스토리텔링됨으로써 그에 대한 애도에 값을 매길 수 있는 상품으로 여겨진다.

이렇듯 「장례 세일」의 일면을 통해 '세일즈맨'이라는 노동자 정체성이 독고 씨 및 현수의 삶을 종속시키는 모습을 보여준다면, 「올드 레이디 버드」에는 조금 다른 양상으로 자본에 귀속되는 인간이 등장한다. 박물관에서 일하는 비정규직 영우는 학예사 정을 비롯한 정규직의 삶에 소속되고 싶어 한다. 이에 영우는 마치 정규직 세계의 입장권이자 코먼 센스라고 여겨지는 '고양이를 좋아하는 취향'을 통해 그들을 향한 소속감을 증명하고자 한다. 「장례 세일」과 마찬가지로 자발적으로 '자아'의 가치를 노동 세계의 자본 가치로 전면 의탁하는 듯한 이 소설은, 자본에 대한 비저항과 자발적 종속화가 단지 노동의 형태로 수행되는 것을 넘어 뼛속까지 충실하도록 요구되는 현실의 일면을 드러낸다.

　　앞서 언급한 두 편의 소설이 '노동자 되기'로의 종속의 정도가 노동의 수행성을 넘어 취향과 태도로까지 영향을 미치고 있음을 보여준다면, 「테레사의 오리무중」은 '노동자 되기'로서 그 가치를 실현하는 것이 더는 중요한 화두가 아닐 뿐만 아니라 아예 '자아'가 소멸(혹은 상실)되어버리는 것이 이 모든 행위의 결과로 현시됨을 보여준다. 이때 앞선 두 소설과는 달리 우화적이고도 적극적인 상상을 시도하는데 물류센터에서 일하는 테레사가 업무에 방해되지 않도록 '자아를 숨기는 게 좋겠다'는 조언에 따라 그녀의 자아를 문자 그대로 집에 떼어놓고 다니는 식이다. 세세한 내용을 더 살펴야 하겠으나, '자아를 떼어놓고 출근하는 노동자'라는 진술로 요약되는 인물의 상황은 더는 노동을 통한 자아실현이 불가능할 뿐만 아니라 '노동하기'와 '자아실현'이 양립되지도 못하며 자아는 노동을 위해 "순교"됨을 드러낸다. 이제 마르크스 식의 '노동 소외'랄지 노동하는 주체의 자아 회복과 그 실천은 지난 시대의 소산처럼 느껴지고야 만다.

예속을 자처하는 노동자의 사정과 진술의 형식

그런데 우리가 박지영의 소설에서 읽어낼 수 있는 것이 이뿐일까? 노동자로서 가치가 매겨지는 인간이 더는 자본과의 대결 구도에서 이기지 못할 뿐만 아니라 잠식되기를 자처한다는 것? 최근의 노동소설이 보여주는 이러한 다양한 양상들에 대한 논의*를 고려할 때, 우선 박지영의 소설 속 인물들의 수동성과 구조에 대한 협조적 태도는 복잡한 현실의 조건에 의해 발생한 것이란 점을 주지할 필요가 있다. 나아가 이에 대한 서술 방식 및 특정 인물을 중심으로 하여 느슨한 연작의 형태를 통해 인물 간 연대를 시도하는 것으로 읽히는 구조적 측면에도 주목해야 한다.

이에 우선 부연하고 싶은 것은 대처리즘적인 방식의 노동자화 그리고 여러 관계성이 이들의 자발적 자아 종속에 기여하고 있다는 점이다. 「장례 세일」에서 시작해 「올드 레이디 버드」로 이어지는 흐름에서, 노동자 인물은 능력주의에서 취향의 소속감으로 계급에 관한 사고를 옮겨간다. 이때 이들의 인간으로서의 대우 또는 속물성에 대한 기준은 다른 계급의 관점에 기대어

* '노동문학/노동소설'을 한국문학사의 한 계보화된 양식으로 볼 필요가 있음을 주장하는 천정환은 노동문학의 범위 및 그 구도가 식민지 시기 또는 산업화 시기와는 달리 훨씬 폭넓어졌음을 짚으며 기왕의 계보에서의 기준점을 요약적으로 제시한다. "(1)작업장 정치와 협의의 노동과정, (2)그것을 둘러싼 (광의의) 사회적 노동과정과 문화정치, (3)자본과의 대면을 통해 구성되는 기업 내부의 구체적 계급 관계, (4)그 거시적 맥락을 이루는 국민적 또는 초국적 고용 체계와 노동의 사회적 존재 방식 (……) (5)노동(조합)운동과 (6)노동자(정체성)를 초점화"하는 것이 그 내용이다. 천정환은 현대의 한국 사회의 노동 구조가 변화함에 따라 자본-인간의 대립 혹은 노동자 간 연대의 구도를 넘어선 작품을 통해 노동문학의 변화를 살필 필요가 있다고 본다(천정환, 「한국 노동문학과 노동소설 양식의 계보」, 『문학동네』 2023 가을호, 121쪽). 김미정 또한 일군의 논의에서 최근의 다변화되는 노동소설의 양태에 주목한 바 있다. 김미정은 "직접적으로 착취하고 수탈하는 자본의 성격이 두드러지던 시절의 많은 노동서사는 그로부터 존엄을 희구하는 안간힘을 보여주었다. 하지만 오늘날 자본은 사람들 스스로 공모하게 만들며 교묘하고 "부드러운 전제(專制)를 행한다"는 점에 주목한다(김미정, 「질문을 바꾸면 다른 것이 보이기 시작한다: 최근 서사 속 노동 이야기 읽기」, 『창작과비평』 2022 겨울호, 41쪽). 따라서 단순히 인물이 이러한 체제에 저항하는가 아닌가, 혹은 그 저항에 능동적으로 참여하는가 아닌가를 따지는 것에 머물지 않고, "전적인 개인의 자유와 능동성이라는 것이 더욱 제약받는" 현실의 상황을 고려해 "다른 관계와 존재론을 상상"할 수 있어야 한다고 본다(김미정, 「노동-자본의 뫼비우스 띠와 2010년대 후반 한국소설의 일·노동: 향후 서사 속 노동의 문제설정 방식에 대한 단상을 겸하여」, 『여성문학연구』 52호, 2021, 84쪽). 이러한 문제의식은 박지영의 소설에도 유효하게 적용된다. 박지영의 인물들이 마치 노동의 착취 구조에 자발적이고 능동적으로 협조하는 것처럼 보이지만, 현실의 복잡성을 고려할 때 이는 단순히 한계로 취급되고 말 것은 아니며, 특히 각 소설이 느슨한 연작 형태를 띠며 서로에게 구원의 여지를 남겨놓는다는 점이 그렇다.

있음에도, 인물 자신의 욕망인 것처럼 치환된다. 이러한 현상은 대처리즘적 예속화처럼 보인다. 스튜어트 홀은 "자신이 소유하지 않는 것은 소비해서는 안"* 된다는 정교하고 교묘한 대처리즘의 통화주의 정책에 대해 말한 바 있다. 이 말을 확장적으로 해석하자면, (부르디외가 말한 상징 자본을 포함한) 자본으로 인해 형성된 계급이 곧 취향과 코먼 센스의 동질감으로 확장되며, 그것이 일정한 사람들 간의 '소속'을 결정한다는 의미로도 읽힌다. 즉 특정 계급이 감히 소유할 수 없는 취향과 감각은 그들로부터 소비되는 것조차 금지된다.

이러한 관점을 토대로 「장례 세일」과 「올드 레이디 버드」를 다시 읽어보자. 앞서 언급한 노동소설에 대한 계보와 그 요소를 참고할 때, '자본 vs 인간적 가치'는 다소 고전적 형태의 대결 구도처럼 보이는데 이는 「장례 세일」에서 보다 적극적으로 드러난다. 독고 씨가 노동 시장에서 평생을 '그래도 싼 사람'으로 취급받아 왔다는 점이나, 반찬 가게를 운영하는 현수의 모친 순

---

* 스튜어트 홀, 『문화연구 1983: 이론의 역사에 관한 8개의 강의』, 김용규 옮김, 현실문화, 2021, 303쪽.

정 씨가 잘 팔리는 반찬과 그렇지 않은 반찬에 동등한
할인가를 매기는 일에 불평하는 현수를 보고 "유일하
게 내 맘대로 가격 정할 수 있는 건 고작 내가 내 손으
로 만든 반찬 몇 가지뿐"(161쪽)이라고 역설하는 장면이
그렇다. 물론 소설은 최근 사회에서 '자본-인간'의 구도
가 말끔하게 이분되지 않는다는 점 또한 놓치지 않는데
그 역할을 현수가 담당한다. 현수는 아버지의 삶을 연
민하는 동시에 세일즈맨으로서 무능하다는 세간의 의
견에 동조해 그의 삶을 '그래도 싼' 것으로 포장하는 데
자식 된 도리와 애도의 윤리를 결합한다. 현수에게 '값'
과 '인간적 윤리'의 문제는 어느 정도 타협할 수 있는 요
소처럼 보인다. 조금 '덜' 값싼 인생이 되는 것이 조금
'더' 윤리적인 것이다.

　　한편 「올드 레이디 버드」에서 이러한 타협의 과
정은 교묘하게 정당화된다. 고양이를 좋아하는 것이
곧 정규직 세계에 진입하거나 그곳에 '임시적'이나마
발이라도 붙일 수 있는 감각이라는 것을 일찌감치 깨
달은 영우는, 그러므로 고양이를 좋아하기 위해 노력
한다. 그녀는 처음에는 고양이에 "아무 입장도 가지지
않"(82쪽)으려고 했다. 그러나 회사에서 예쁨받던 후원

의 고양이를 정이 실수로 차로 치었을 때, 현장을 목격하고 실수와 자연의 섭리를 운운하며 그녀를 위로하려고 했던 영우는 그 이후 자신과 정 사이에 범접할 수 없는 선이 처음부터 존재했음을 깨닫는다. 이때 영우는 고양이를 좋아하는 '척'했다는 것이 자신의 정이라는 인물로 표상되는 정규직과 너그러운 취향의 세계에 진입하지 못하는, 그러나 "공평함의 정당성"으로 두둔되는 요소임을 알게 된다.

　　그런데 영우가 이 일련의 사정을 깨닫는 과정이 삼인칭으로 쓰여 있다는 점에 주목해야 하겠다. 비단 이 소설뿐만 아니라 이 작품집에 수록된 모든 소설은 삼인칭 진술을 중심으로 인물에 대한 객관적 장악을 시도한다. 이는 일인칭 서술이 약진하는 최근의 현상과 비교할 때, 박지영의 소설이 세계를 대하는 차이 나는 태도로 여겨진다. 최근의 일인칭이 "세계를 향한 입장stance의 선택으로 보편화되는 사태"*로 그 징후성을 드러낸다고 본다면, 이는 얼마간 당사자의 발화 안에서

---

* 정주아, 「일인칭 글쓰기 시대의 소설」, 『창작과비평』 2021 여름호, 56쪽.

세계를 해석할 수밖에 없는 사태, 즉 보다 보편적인 가치 기율의 부재를 드러내는 것이기도 할 테다. 이러한 점을 고려한다면, 보편적 지향에 대한 객관적 서술이 불가능한 시대의 서술 방법론으로서 일인칭이 아닌, 삼인칭을 사용하고 있음은 마땅히 주목할 지점이 된다.

특히 「올드 레이디 버드」의 삼인칭 서술자는 영우의 내면은 물론이고, 영우와 정을 비롯한 인물들의 행위와 발화에 깃든 사회적 의미를 세밀하게 분석하는 경향을 보인다. 다시 말해, 이 소설에서의 삼인칭은 상황에 대한 객관적 정보나 인물의 내면을 보여주는 것 이상으로, 상황 자체에 대한 해석을 시도한다. 가족에 대한 불만을 내어놓는 일과 관련한 아래의 진술을 보라.

어떤 불평을 하고 어떤 솔직함을 드러내도 그것이 그저 귀여워 보일 정도의 단단하고 이상적인 삶을 영위하는 사람만이, 작은 불만들을 지저귀듯 털어놓을 수 있었다. (……) 정이 하는 말들, 자기 자신도 남도 해치지 않으면서 공감을 이끌어내는 솔직하고 소소하게만 나쁜 이야기들, 그런 이야기를 할 수 있다는 것 자체가 특권이고 재능이었다. 취약성을 드러낼 수 있는 것

이 강자의 언어였다. 영우는 결코 흉내 낼 수 없는, 거리
감을 좁히는 친밀한 언어들 또한. (74~75쪽)

위 진술은 영우가 막연히 느꼈을 법한 불편한 기
시감의 정체에 대해 분명하게 파악하고 있다. 어떤 일이
든 '사소한 것'으로 여겨질 만한 여유가 있는 "강자의 언
어"로서 일상의 불평이 소용된다는 것 말이다. 이러한
진술이 단순히 삼인칭으로 쓰였다는 이유만으로 객관
적 현실성을 담보한다고 말할 수는 없을 것이다. 다만,
일인칭을 통해 세계의 진실과 개인이 겪는 고통 사이의
완충을 시도하는 것과 달리 이 과감한 삼인칭은 세계에
대한 판독과 해석, 판정을 통해 인물의 속물성과 계급
성을 숨김없이 토로하게 만드는 장치로 볼 수 있다.

타협과 수용, 나아가 연대

앞서 언급한 두 편의 소설에 공통의 인물이 가
로놓여 있다. 바로 '주경'이다. 주경은 두 편의 소설에서
는 그리 두드러지는 캐릭터가 아니지만 「테레사의 오

리무중」에 와 전면화된다. 이 소설은 문자 그대로 자아를 '분리'시키는 상상력을 동원하고 있으며, (앞선 두 소설에서는 간단히 언급되고 지나가는) 이 소설 전체를 아우르는 키key 역할을 하는 인물의 사정에 초점화하고 있다.

「테레사의 오리무중」은 물류센터에서 일하는 계약직 노동자 테레사 그리고 중간관리자 주경의 이야기다. 테레사가 주경의 조언을 따라 자아를 집에 놓고 다니기 시작하면서, 그녀는 본격적으로 자아와 노동자 정체성을 분리하기 시작한다. 서두에서 언급했듯 이는 노동함으로써 자아를 실현하는 일이 불가능한 현실을 우화적으로 보여준다. 노동장에 자아를 챙겨 다니면 노동 수행이 어려워짐은 물론이고, 집에 남겨진 자아에게는 (돌봄노동을 포함해서) 그 어떤 노동labor도 허용되지 않은 채 창조적이고 생산적인 일work만이 허용된다는 내용이 그렇다.

그런 식으로 아홉 번째 자아까지 '순교'한 상태의 테레사를 마주한 주경이 자신 또한 자아를 분리시킨 사람임을 진술하면서 소설은 주경으로 시선을 옮겨 간다. 주경은 세 편의 소설 속 인물들 가운데 가장 현실타협적인 인물처럼 보인다. 그녀는 노동자로서 처세하는 일에 자신이 일찌감치 자아를 실현한다거나 자아를 내세우는 방식이 유효하지 않음을 깨닫는데, 이에 그녀가 자아를 대하는 태도는 다른 인물들과는 다르다.

　　노동장에서 중간관리자는 자본가의 언명을 대리하는 프레카리아트precariat다. 테레사의 처지보다는 나아 보이지만 주경 역시 고용 시장의 불안정성 속에서 씨름하는 노동자이면서도 자신보다 더 불안정한 노동자를 관리함으로써 그 노동의 가치를 증명하는, 일종의 분열적 자아를 가지고 있다. 이러한 층위는 그녀가 분열/분리된 자아를 가진 이들을 알아볼 수 있게 만든다. 그런 주경은 자기의 분열적 자아를 '극복'의 대상이 아닌, 처세의 한 방식으로서 "경량 패딩처럼 가볍고 접기 좋게 만들어 탈부착 가능한 상태"(29쪽)로 여긴다는 점에서 '타협적'이다. 동시에 그러한 자신의 조건을 수용하면서 다른 이들의 틈새에 손을 뻗는 일을 멈추지는 않는다. 여기저기를 헤매는 테레사의 아홉 번째 자아를 혼자 두지 않고 함께 있어준 사람, 면접 약속을 어긴 일면식도 없는 예비 노동자 현수의 부친상에 찾아온 사람(「장례 세일」), 고양이 테루를 염려하는 영우의 마음을 알아준 사람(「올드 레이디 버드」) 모두 '주경'이다.

　　각각의 소설에서 종내 포기하지 않는 인간적 가치에 대한 희구는 그저 '자본-인간'의 이분법적 도식 위에서 어느 한쪽을 점하는 것으로 기울어지지 않는다. 인물들은 '주경'을 중심으로 모여서 삶의 지향점을 다시 확인해나간다. 이러한 시도는 언뜻 현실의 복잡성에도 불구하고 '인간적 가치'에 선善을 부여함으로써 기존의 구도로 돌아가는 것처럼 보인다는 의구심을 발생시킬지도 모르겠다. 하나 이들은 자신의 정체성을 부정하는 대신, 복잡성을 가진 상태 그 자체로 한계를 일임하면서도 아주 본원적인 연대의 가치를 놓지 않는다. 이것이 주경을 통해, 또 주경을 거친 인물들을 통해 지속될 소설의 지향점일 것이다.

참고자료

「테레사의 오리무중」

이상, 『오감도』, 미래사, 2002.

애거서 크리스티, 『그리고 아무도 없었다』, 김남주 옮김, 황금가지, 2013.

니콜라이 바실리예비치 고골, 『외투·코―고골 단편선』, 오정석 옮김, 더 클래식, 2013.

『관객의 꿈: 차학경 1951~1982』, 콘스탄스. M. 르발렌 엮음, 김현주 옮김, 눈빛, 2003.

차학경, 『딕테』, 김경년 옮김, 어문각, 2004.

: 이 책의 135쪽에는 고통과 굴종의 영역을 주관하는 소유주이자 주인인 루이 마르탱 씨의 딸이라 스스로를 표현한 성자 테레사의 자서전 내용이 인용되어 있다.

"순교는 청소년기의 내 꿈이었으며 이 꿈은 까르멜의 수녀원 안에서 나와 함께 성장해왔습니다. 그러나 다시 여기서, 나의 꿈이 어리석었음을 깨닫게 됩니다. 왜냐하면 나는 단 한 가지의 순교만을 원하도록 나 자신을 제한시킬 수는 없기 때문입니다. 나 자신을 만족시키기 위해서는 모든 것이 필요합니다. 나의 사랑스런 배우자여, 당신처럼 십자가에 못 박혀 수난을 당했으면 좋겠습니다. 성 바돌로메처럼 살가죽이 벗겨져 죽었으면 좋겠습니다. 성 요한처럼 끓는 기름 가마에 던져졌으면 좋겠습니다. 순교자들에게 가해진 모든 고문을 받는다면 좋겠습니다. 성 아그네스와 성 세실리아처럼 칼 앞에 내 몸을 내놓고, 나의 사랑하는 자매 잔 다르크처럼 화형대 위에서, 당신의 이름을 속삭였으면 좋겠습니다. 오, 주님."

「장례 세일」
  아서 밀러, 『세일즈맨의 죽음』, 강유나 옮김, 민음사, 2009, 116쪽, 173쪽 참조.

수록 작품 발표 지면

「테레사의 오리무중」
문장 웹진 2023 7월호

「올드 레이디 버드」
미발표작

「장례 세일」
『자음과모음』 2023 가을호

트리플 23

테레사의 오리무중
ⓒ 박지영, 2024

초판 1쇄 인쇄일 2023년 12월 20일
초판 1쇄 발행일 2024년 1월 15일

지은이 · 박지영

펴낸이 · 정은영
편집 · 최찬미 전유진
디자인 · 이선희
마케팅 · 이언영 연병선 한정우
　　　　윤선애 최문실 최혜린 이유빈
제작 · 홍동근
펴낸곳 · (주)자음과모음
출판등록 · 2001년 11월 28일
　　　　　제2001-000259호
주소 · 경기도 파주시 회동길 325-20
전화 · 편집부 02) 324-2347
　　　　경영지원부 02) 325-6047
팩스 · 편집부 02) 324-2348
　　　　경영지원부 02) 2648-1311
이메일 · munhak@jamobook.com

ISBN 978-89-544-4991-5 (04810)
　　　　978-89-544-4632-7 (세트)